KB234335

꿈을 꾸지 않는다
걸프렌드의
청춘 돼지는
카모시다 하지메 지음
미조구치 케이지 일러스트
이승원 옮김

디자인 ● 키무라 디자인 랩

청춘 돼지는 걸프렌드의 꿈을 꾸지 않는다

카모시다 하지메 **지음**
미조구치 케이지 ● 일러스트
이승원 옮김

너를 만나서 다행이야.

나는 그렇게 생각 안 해.

운명의 사람은 이제 어디에도 없어.

하지만, 너와 들은 사랑의 노래가 이렇게 말해.

분명 또 만날 수 있을 거라네.

미아가 되는 것을 무서워하지 마.

아침이 되면 문을 열고 나가자.

하지만, 미래는 누구도 증명 못 하잖아?

분명 내일도 나는 외톨이.

너와 반반씩 나누지 못하고,

가슴 속은 쭉 공허한 채.

이런 마음을 느낄 줄 알았으면

너를 만나지 말 걸 그랬어.

키리시마 토코 『Turn The World Upside Down』 발췌

제1장

이미테이션 러버의 꿈을 꾸다

1

그날, 아즈사가와 사쿠타는 야생의 바니걸을 쫓다가 불가사의한 세계에 발을 들였다.

4월 1일.

사쿠타 일행이 요코하마역에서 갈아탄 미나토미라이선 급행 전철은 곧 목적지인 바샤미치역에 도착했다.

문이 열리기를 기다린 후, 앞에 있는 승객의 뒤를 따르며 전철에서 내렸다. 다른 탑승구를 통해서도 사람들이 쏟아져 나왔으며, 벽돌 색깔의 외벽이 인상적인 지하철의 플랫폼은 순식간에 혼잡해졌다.

연령층은 젊다. 중학생부터 25세 전후로 보이는 이들이 대부분이었다. 가장 많은 건 고등학생부터 스무 살 정도일까. 남녀 비율은 반반이다.

"다들 음악 페스티벌에 가는 사람들 같네."

그 목소리는 사쿠타의 바로 옆에서 들려왔다.

옆을 보니, 아카기 이쿠미의 얼굴이 눈에 들어왔다.

"……."

"왜 그래?"

사쿠타가 말없이 쳐다보자, 그 시선을 눈치챈 이쿠미는 질문을 던졌다.

"내가 왜 아카기와 데이트하고 있는 건가 싶어서 말이야."

약속 장소는 요코하마역. 미나토미라이선의 플랫폼 구석, 가장 앞쪽.

"아즈사가와가 내 제안을 거절하지 않아서야."

앞을 바라보는 이쿠미가 표정을 바꾸지 않고 담담한 목소리로 대답했다.

"아카기라서 거절하지 않은 거야."

사쿠타도 앞을 쳐다보며 대꾸했다.

"아즈사가와한테는 멋진 연인이 있잖아."

그것 또한 담담한 말투로 한 말이었다. 농담 삼아 한 말 같지만, 이쿠미의 표정이 진지한 탓에 눈치채는 게 쉽지 않았다.

"아카기도 꿈이 신경 쓰이잖아?"

그것이 바로 사쿠타가 제안을 받아들인 이유다.

"여기 있는 모든 사람도 말이지."

이쿠미는 안경의 렌즈 너머로 에스컬레이터 앞에 몰린 젊은이들을 쳐다봤다.

그들의 목적지는 아마 두 사람과 같을 것이다.

바샤미치역에서 10분 정도 걸어간 곳.

바닷가에 세워진 아카렌가 창고.

요코하마에서는 유명한 관광 장소이자, 데이트 장소다.

오늘, 그곳에서는 음악 페스티벌이 열린다.

"그래서, 이렇게 혼잡한 거겠지."

사쿠타와 이쿠미의 예상이 옳다는 사실은, 앞에서 걷고 있는 여고생 그룹의 대화가 알려줬다.

"오늘 페스티벌, 정말 기대돼!"

"『#꿈꾸다』 말이구나. 진짜로 커밍아웃을 할까?"

"틀림없어! 나, 꿈에서 봤는걸!"

"사쿠라지마 마이가 키리시마 토코라니, 완전 대박이야! 진짜면 어쩌지?!"

다들 마이의 발표를 기대하고 있다.

꿈이 현실이 되는 것을 바라고 있다.

미래가 『#꿈꾸다』에 적힌 대로 되기를 바라고 있다.

뒤편에서도, 옆에서도, 플랫폼 여기저기에서 비슷한 대화가 들려왔다.

사쿠타도 그 불가사의한 꿈을 꿨다.

마이가 무대 위에서 키리시마 토코의 노래를 열창하는 꿈.

마이가 「제가 키리시마 토코예요」라고 말하는 꿈.

관객들이 극도로 흥분하는 꿈.

그 자리에 있던 사쿠타가, 라이브 도중에 빠져나와서 이쿠미에게 전화를 거는 꿈이기도 했다. 자신에게는 없을 스마트폰으로⋯⋯.

한편, 이쿠미는 사쿠타에게 전화를 받는 꿈을 같은 날에 꿨다. 그래서 『신경 쓰이는 것』이다.

"일부러 보러 온 게, 아카기답기는 해."

"만약 꿈과 똑같은 일이 벌어졌을 때, 내가 곁에 없으면 아즈사가와가 곤란해지잖아. 스마트폰이 없는걸."

이쿠미의 말투는 여전히 담담했다.

"꿈과 똑같은 일은 벌어지지 않을 테니까, 걱정할 필요는 없는데 말이지."

있을 수 없는 일이다.

사쿠타는 알고 있다.

마이가 키리시마 토코가 아니라는 것을 말이다.

오늘 음악 페스티벌의 무대에 서서, 「키리시마 토코가 아니다」라고 딱 잘라 부정할 예정이라는 것 또한, 사쿠타는 마이에게 직접 들어서 알고 있다.

지금도 에스컬레이터 앞에서 『사쿠라지마 마이=키리시마 토코』라는 화제로 시끄럽게 이야기를 나누는 사람들을 헤치며, 사쿠타는 한산한 계단을 통해 개찰구로 향하기로 했다.

이쿠미는 불평을 하지 않으며 따라왔다.

한 층 위…… 개찰구에서 사쿠타와 이쿠미를 맞이한 것은 돔 형태의 높은 천장이다. 그곳은 벽돌로 된 벽으로 주위로 감싸인 진한 오렌지색의 지하 공간이다.

왠지 모르게 그리움과 신선함이 느껴지는 세련된 디자인의 공간이다.

개찰구 너머의 중앙 홀 또한 벽돌로 만들어져 있으며, 사쿠타는 천장이 없는 공간에 우뚝 솟아있는 적갈색 벽을 올려다봤다. 정취가 있으며, 바샤미치[1]라는 역명과 어울리는 광경이다.

안내판에 따라 지상으로 이어지는 출구로 향하자, 피아노 라이브 연주가 들려왔다. 한 층 위에는 무언가를 둘러싸듯 인파가 몰려 있었다. 사쿠타가 있는 위치에서는 보이지 않지만, 사람들의 시선이 향하는 곳에는 스트리트 피아노가 놓여있을 것이다. 소리는 거기서 들려오고 있었다.

연주되는 건 사쿠타도 아는 곡.

아마, 이 자리에 있는 이들 모두가 아는 곡.

키리시마 토코의 곡이자, 꿈속에서 마이가 불렀던 곡이다.

피아노를 연주하는 사람 또한, 그날 꿈을 꿨을지도 모른다. 사쿠타와 같은 꿈을 말이다.

그런 생각을 하고 있을 때, 앞에서 걷고 있는 대학생 같아 보이는 커플이 나누는 『사쿠라지마 마이』에 관한 이야기가 들려왔다.

"사쿠라지마 마이는 아역 때부터 대단했어."

"아침 드라마지? 엄마가 챙겨봐서 나도 기억해. 항상 책가방을 메고 있었잖아. 진짜 귀여웠다니깐."

"맞아, 그거야. 진짜 그립네."

그 대화는 사쿠타와 이쿠미에게도 똑똑히 들렸다. 「여친

#1 바샤미치(馬車道) 일본어로 '마찻길'이라는 의미.

에 관한 이야기를 남한테 들으니, 기분이 어때?」라고 말하는 듯한 시선을, 이쿠미가 보내왔다.

앞에서 걷고 있는 커플도, 사쿠라지마 마이의 연인이 자기들의 이야기를 듣고 있으리라고는 생각조차 못 할 것이다.

그게 좀 우스운 나머지, 사쿠타는 무의식적으로 쓴웃음을 지었다.

그 순간, 사쿠타의 시야 한편에 빨간색의 무언가가 비쳤다.

고개를 들면 보이는 한 층 위의 공간.

스트리트 피아노가 놓여 있을 일직선 통로.

멈춰 선 사람과 사람 사이를 가르듯 나아가는, 책가방을 짊어진 소녀가 보였다. 그 아이는 속도를 줄이지 않으며, 종종걸음으로 멀어져갔다.

"……어?"

사쿠타는 그쪽에 정신이 팔린 바람에 걸음이 살짝 흐트러졌다.

"아는 사람이라도 있어?"

그것을 눈치챈 이쿠미가 물어봤다.

"방금, 책가방을 멘 마이 씨가……."

긴 머리카락을 휘날리는 그 뒷모습은, 앞에서 걷고 있는 커플이 방금 언급한 그 모습이다. 아침 드라마에 출연했던 아역 시절의 마이를 쏙 빼닮았다.

"책가방……?"

사쿠타가 쳐다보는 방향을, 이쿠미도 봤다. 하지만 표정은 밝지 않았다. 의문은 풀리지 않았다. 그 사이, 가방을 멘 소녀의 뒷모습은 인파에 휩쓸리듯 시야에서 사라졌다.

"초등학생 시절의 마이 씨 말이야. 너도 봤지?"

"미안하지만, 나는 못 봤어."

사쿠타가 확인 삼아 물었지만, 이쿠미는 고개를 저을 뿐이었다.

"잘못 본 것 아닐까……?"

이쿠미는 의아한 표정을 지으면 그렇게 말했다.

"그럴 리가 없어. 확인해보고 올게."

바닥 모를 늪 같은 초조함에 사로잡힌 사쿠타는 무의식적으로 걸음을 내디뎠다. 급하게 걸음을 내딛는 사쿠타가 앞에 있는 커플을 제치며 나아갔다.

"기다려, 아즈사가와."

등 뒤에서 들려오는 이쿠미의 목소리를 들으며, 위층으로 올라가기 위해 계단을 뛰어올라갔다.

하지만, 통로에서는 책가방을 멘 소녀를 찾을 수 없었다.

"사쿠라지마 마이는 어릴 적부터 미인이었잖아? 얼마 전에 동영상 사이트에서 옛날 CF를 발견했어."

"자동차 CF 말이야?"

"응, 이거야."

에스컬레이터로 올라온 여자 대학생 그룹이 스마트폰을

서로에게 보여주고 있었다.

오늘은 어디서나 마이의 목소리만 들려왔다.

다들 마이의 이야기만 하고 있다.

"또래 애들보다 키가 컸어."

들을 생각은 없었지만, 그런 이야기가 계속 들려왔다.

바로 그때, 6번 출입구에서 빨간색 책가방을 발견했다. 아카렌가 창고 근처의 출입구다. 통로 안쪽으로 그 뒷모습이 사라졌다.

"……어?"

하지만, 쫓아가려 하던 사쿠타가 갑자기 걸음을 멈췄다. 위화감이 사쿠타의 발목을 잡은 것이다.

아까 봤을 때보다, 명백하게 키가 컸다. 어른과 비슷해 보였다. 걸음걸이도 차분했다.

즉, 성장했다.

적어도 사쿠타의 눈에는 그렇게 보였다.

"……뭐, 야."

의문이 깊어져만 갔다.

"찾았어?"

쫓아온 이쿠미가 뒤편에서 그렇게 물었다.

하지만 사쿠타는 그 물음에 답할 수 없었다.

있기는 했다.

하지만 사쿠타가 찾아다녔던, 책가방을 멘 소녀가 아니었

다. 발견한 이는 아까 봤을 때보다 성장한, 책가방을 멘 소
녀였다…….

무슨 일이 일어나고 있는 건지, 알 수 없었다.

이것을 어떻게 이쿠미에게 설명하면 좋을지, 사쿠타는 답
을 알지 못했다.

하지만 다시 발견한 덕분에, 소녀가 존재한다는 확신만은
가질 수 있었다.

잘못 본 것이나 착각이 절대 아니다.

그렇다면, 지금 해야 할 일은 하나다.

"진짜로 어릴 적 모습의 마이 씨가 있었어. 아카기도 찾아
봐 줘."

그렇게 말한 사쿠타는 그 소녀를 쫓아가기 위해 내달렸
다. 사람과 사람 사이를 가르면서, 소녀가 사라진 역 출입구
쪽으로 향했다. 지상으로 이어지는 계단도 단숨에 뛰어올라
갔다.

지하에서 나오자, 아직 푸르스름한 봄 하늘이 사쿠타를
맞이했다.

지금은 오후 세 시 경이다.

태양 아래에 나왔지만, 역 안과 마찬가지로 인파는 한 곳으
로 흘러가고 있었다. 벽돌이 깔린 보행로를 따라 바다 쪽……
즉, 아카렌가 창고를 향해 서서히 나아가고 있었다.

인파 속을 주시했지만, 책가방을 멘 소녀는 보이지 않았다.

사쿠타는 주위를 살피면서 사람들을 제치며 앞으로 나아갔다. 뒤편에서는 이쿠미가 뛰면서 쫓아오는 소리가 들려왔다.

오래된 쇠고기 전골 가게 앞을 지난 후, 반대편의 호텔이 보이는 다리를 뛰어서 건넜다. 그 너머의 교차로…… 데이트 장소로 유명한 월드 포터스 앞에서 빨간 신호에 걸렸다.

"저기, 아즈사가와."

이쿠미가 주위를 살피면서 말을 걸어왔다.

"왜?"

사쿠타 또한 마찬가지로 좌우에 눈길을 주면서 짤막하게 대답했다.

"사쿠라지마 씨가 여기 있다면, 다들 눈치채지 않았을까?"

이쿠미는 그 질문을 던지면서, 사쿠타를 똑바로 바라봤다.

사쿠타 또한 그녀와 시선을 마주했다.

"그건, 그래……."

이쿠미의 말이 옳다.

역에서도, 수많은 사람이 『사쿠라지마 마이』 이야기를 했다.

그런 마이가 옆에 있다면, 앞을 가로지른다면, 옆을 지나친다면, 누구나 눈치챘을 것이다. 설령 지금과 다르게 초등학생의 모습을 하고 있을지라도, 마이는 그때부터 세간의 주목을 받았으니 말이다. 많은 이가 지금의 마이를 알고 있다. 어릴 적의 마이도 알고 있다.

그러니, 틀림없이, 눈치챌 것이다.

"사쿠라지마 마이는, 진짜 귀엽다니깐."

지금도 뒤편의 남자 대학생이 신호가 바뀌기를 기다리면서 마이의 이야기를 하고 있었다.

"나, 중학생 때 사진집을 샀었어."

"어라, 인기 엄청나서 사기 어렵지 않았어?"

"영화도 보러 갔었지. 심장병 이야기였던가?"

"나, 영화 보면서 운 건 그때가 처음이야. 영향을 받아서 도너 카드도 만들었다니깐."

"나도 그랬다고."

남자 대학생은 함께 웃음을 터뜨렸다.

신호는 여전히 빨간색이다. 차가 몇 대나 사쿠타의 앞을 지나쳤다. 도로 너머에는 마찬가지로 신호를 기다리고 있는 수십 명의 젊은이가 있었다. 그 뒤편을, 한 소녀가 지나쳤다.

중학생일까.

흰색 원피스를 입은 맨발의 소녀다.

사쿠타는 그 얼굴을 안다.

사쿠타와 만나기 전의 마이다. 방금 뒤편의 남자 대학생들이 이야기한 영화에 나왔던 마이다.

흰색 원피스 차림의 마이는 눈앞에 있는 아카렌가 창고로 향하고 있었다. 한 걸음씩 천천히 내딛고 있었다.

"이번에는, 그거냐……."

눈앞의 일을 이해할 수가 없었다. 그래서, 불평하는 투로 그렇게 말했다.

"찾았어?"

"건널목 너머야."

이쿠미에게 알려주듯, 흰색 원피스를 입은 소녀 쪽으로 시선을 돌렸다. 하지만 이쿠미에게는 여전히 보이지 않는 것 같았다.

신호가 파란색으로 바뀌었다.

기다리고 있던 사람들이 일제히 건널목을 건넜다.

"아카기, 미안하지만 먼저 가볼게."

"아, 기다려……."

반대편에서 기다리고 있던 사람들은 당연히 사쿠타가 있는 방향으로 걸어왔다. 정반대의 두 인파가 뒤섞이면서, 시야가 한순간 가려졌다. 앞이 잘 보이지 않았다.

사쿠타는 틈새에 몸을 비집어 넣으면서 가장 먼저 건널목을 건넜지만, 원피스 차림의 마이는 보이지 않았다.

"대체 뭐야……."

머릿속으로 한 생각이 그대로 입 밖으로 흘러나왔다.

"대체 뭐냐고……."

사쿠타는 한 번 더 그렇게 말한 후, 아카렌가 창고 쪽으로 서둘러 이동했다.

무슨 일이 일어나고 있는 건지도 알 수 없다.

그저, 무슨 일이 일어나고 있다는 것만은 틀림없다.

가슴이 떨렸다.

아무튼, 아까 본 마이를 찾아야만 한다.

책가방을 멘 소녀도, 흰색 원피스를 입은 소녀도 마이와 만나게 해서는 안 된다는 생각이 들었다. 그녀들이 마이와 동일한 존재라면, 동시에 존재할 수 없을 것이다.

아카렌가 창고는 이미 눈앞에 있었다.

오늘, 마이가 출연하는 음악 이벤트의 개최지다.

그러니, 당연히 마이도 저곳에 있을 것이다.

주위를 둘러보면서 한 걸음씩 목적지로 다가섰다.

하지만, 책가방을 멘 소녀는 보이지 않았다.

흰색 원피스 차림의 소녀 또한 보이지 않았다.

그러는 사이, 사쿠타는 아카렌가 창고에 도착했다.

적갈색의 커다란 창고 두 개가 좌우에서 사쿠타를 압박하듯 존재했다.

평소에는 자유롭게 출입할 수 있는 창고 사이의 광장에는 펜스가 설치되어 있었으며, 그 안에는 이미 젊은이들로 가득 차 있었다.

창고 너머에서는 락밴드의 연주와 커다란 환성이 파도처럼 몇 번이나 밀려왔다. 발밑에서 열기가 치솟는 것만 같았다.

그것이 음악 페스티벌이 개최 중이라는 사실을 증명해 주고 있었다.

사쿠타도 행사장 안으로 들어가기 위해 접수처인 새하얀

텐트 앞에 존재하는 줄 뒤편에 섰다. 곧 사쿠타의 뒤편에 스무 살 전후로 보이는 남성 두 명이 섰다.

"그러고 보니, 얼마 전의 미팅에서 만났던 여자애가 말이지? 사쿠라지마 마이와 같은 고등학교에 다녔다더라고."

"어, 정말? 어떤 애였대?"

"토끼를 좋아했나 봐."

"그게 무슨 소리야."

"스마트폰의 커버와 머리핀이 토끼 굿즈였어."

"나는 그런 것보다 바니걸이 더 좋은데 말이야."

"그런 이야기를 하는 게 아니잖아."

친구가 그런 반응을 보이자, 이야기를 꺼낸 남성이 낄낄 웃었다.

"그래도 사쿠라지마 마이의 바니걸 차림을 보고 싶지 않아?"

"너, 대체 바니걸을 얼마나 좋아하는 거야? 사쿠라지마 마이가 그런 걸 입을 리가 없잖아."

두 사람은 함께 웃음을 터뜨렸다. 바로 그때, 접수처 여직원이 「다음 분」 하고 사쿠타에게 말을 건넸다.

사쿠타는 한 걸음 앞으로 내디디면서 접수처에 섰다. 바로 그때, 혼잡한 행사장 안을 가로지르는 한 쌍의 귀가 눈에 들어왔다. 수많은 이들의 머리 위로 쑥 튀어나와 있는 그것은 토끼 귀였다. 바니걸의 검은색 귀다.

위아래로 흔들리면서, 사쿠타의 시야 왼편에서 오른편으

로 이동했다.

사람들 사이로 언뜻 보인 것은 아는 이의 아름다운 얼굴, 그리고 검은색 바니걸 수트였다.

그것은 기억 속에 존재하는 그날의 모습.

마이와 만난 날의 광경 그 자체다.

두근, 하며 심장이 크게 뛰었다.

"티켓을 확인하겠습니다."

"어, 아, 네."

접수처의 여직원이 그렇게 말하자, 호주머니에서 티켓을 꺼냈다.

그리고 입장자의 증표인 손목 밴드를 받았다.

"재입장 때는 그것을 스태프에게 보여주세요."

"네."

그렇게 대답했을 때, 사쿠타는 이미 행사장 안으로 발길을 옮기고 있었다.

오른쪽을 봐도, 왼쪽을 봐도, 사람, 사람, 사람.

몇 미터 앞조차 보이지 않았다.

발돋움을 하면서, 수많은 머리 위로 튀어나와 있을 한 쌍의 귀를 찾았다.

아까 봤을 때는 두 창고 중에 작은 쪽을 향하고 있었다. 그쪽으로 나아가면서 눈에 띄는 한 쌍의 귀를 찾자, 10미터 정도 앞에서 겨우 그 귀를 발견했다.

“찾았어.”

쫓아가기 위해 발길을 서둘렀다. 하지만 혼잡한 행사장 안에서는 뜻대로 나아갈 수가 없었다. 오른편에서 오는 사람을 피하려다, 왼편에서 오는 사람과 부딪칠 뻔했다.

그런데도 바니걸의 귀는 인파를 헤치면서 점점 멀어져갔다.

누구도 그 존재를 눈치채지 못했다.

오늘, 이 자리에 모인 젊은이들은 『사쿠라지마 마이』를 보러왔을 것이다.

바로 그 마이가 바니걸 복장으로 어슬렁거리고 있는데…….

누구에게도 주목받지 않으며, 바니걸은 벽돌로 된 건물 뒤편으로 사라졌다.

사쿠타에게만 보이는 게 틀림없었다.

혼잡한 입구 근처를 겨우 빠져나간 사쿠타는 바니걸이 사라진 창고 뒤편으로 향했다.

그 방향에는 반입용 주차장이 있었다. 음악 이벤트가 열리는 오늘은 방송용 버스가 줄지어 세워져 있고, 페스티벌의 출연자가 이용하는 관계자 전용 구역이 되어 있었다.

당연히 일반 손님이 들어가지 못하도록 이동식 펜스가 쳐져 있었다. 그리고 대여섯 명의 경비원이 주위를 경계하고 있었다.

바니걸은 그 안을 당당히 걷고 있었다.

누구에게도 제지당하지 않으며…….

정해진 목적지를 향하는 듯한 망설임 없는 발걸음으로 말이다.

사쿠타가 바니걸을 쫓아가려 하자…….

"여기는 관계자 이외에는 출입 금지입니다."

덩치가 좋은 경비원이 그렇게 말했다.

펜스의 높이는 허리 정도밖에 안 됐다. 그러니 뛰어넘으면 안으로 들어갈 수 있다. 하지만 그런 짓을 했다간, 경비원에게 제지당하고 만다. 실행에 옮기지 않더라도 그런 미래가 훤히 보였다.

"저도 일단은 관계자인데……."

하지만 사쿠타는 말을 끝까지 잇지 못했다. 미심쩍은 눈길을 받은 탓에 시선을 돌렸다. 하지만 시선을 돌린 덕분에, 아는 이를 발견할 수 있었다.

"아, 하나와 씨!"

10미터 정도 떨어진 곳에서 전화하고 있던 이는 마이의 매니저…… 하나와 료코였다.

갑자기 이름을 불린 료코는 놀란 표정으로 그 목소리에 반응하더니, 사쿠타를 발견하자 더 놀란 표정을 지었다.

전화를 마친 료코는 서둘러 다가왔다.

"무슨 일인가요?"

"마이 씨에게 급한 볼일이 있어서요."

"그게 뭐죠?"

"아무튼 진짜 급해요!"

지금도 바니걸이 관계자 구역 안을 태연히 걸어 다니고 있다. 새하얗고 아름다운 등, 동그란 엉덩이에 달린 꼬리, 그리고 길고 늘씬한 다리로 하이힐 소리를 내며 성큼성큼 안쪽으로 향하고 있었다.

"그럼 이걸 쓰세요."

사쿠타의 다급한 태도에 압도당한 건지, 료코는 호주머니에서 스태프용 패스를 꺼냈다. 그것을 목에 건 사쿠타는 펜스를 뛰어넘었다.

"마이 씨는 어디 있죠?"

"안쪽의 2호차예요."

료코가 시선을 보낸 곳에는 열 대가량의 버스가 줄지어 있었다.

"감사합니다."

그것만 확인한 사쿠타는 그렇게 말하면서 관계자 구역 안을 내달렸다.

곧장 바니걸을 쫓아갔다.

바니걸의 등은 안쪽에서 두 번째 버스 안으로 사라졌다.

마이가 있다고 하는, 2호차다.

사쿠타도 뒤쫓듯이 버스 안으로 뛰어들었다.

"마이 씨!"

그러면서, 또 고함을 질렀다.

곧 대답이 들려왔다.

"사쿠타?"

의아한 목소리로 안쪽 좌석에 앉아있던 마이가 얼굴을 내밀었다.

그 눈에는 놀라움과 의문이 깃들어 있었다.

"괜찮은 거예요?"

급한 발걸음으로 마이에게 다가갔다. 그러면서 버스 안에 바니걸이 숨어있지는 않은지, 좌석을 일일이 살폈다.

하지만, 아무도 없었다.

이 버스 안에는 사쿠타와 마이 뿐이었다.

"무슨 일이야?"

자리에서 일어난 마이가 물었다. 유심히 보니, 마이는 무대용 드레스를 입고 있었다. 하지만 사쿠타에게는 연인의 아름다운 모습을 감상할 여유가 없었다.

"바니걸 차림의 마이 씨가 있었어요."

사쿠타는 혹시나 몰라서 버스 안을 다시 살폈다. 운전석 쪽으로 가서, 진짜로 아무도 없는지 확인했다. 화장대 주위와 냉장고 안까지 열어보며 확인했다.

모든 좌석과 좌석 아래편까지 살폈지만, 역시 아무도 없었다.

이 차 안에는 사쿠타와 마이 뿐이었다.

"분명 이 버스 안으로 들어가는 것처럼 보였어요."

"나는 못 봤어. 료코 씨가 전화를 받으려고 나간 후, 이 안에 들어온 사람은 사쿠타 뿐이야."

"그 외에도 책가방을 멘 마이 씨와, 흰색 원피스를 입은 마이 씨도 역에서 여기까지 오는 길에 봤어요. 그 심장병 영화에 나왔던……. 잘못 본 건 아니라고 생각해요."

전부 다 착각일 거란 생각은 들지 않았다.

하지만 지금, 이곳에는 사쿠타와 마이밖에 없었다.

"마이 씨, 정말 아무렇지도 않은 거예요?"

"아무렇지도 않아요."

"정말의 정말요?"

"사쿠타야말로 괜찮아?"

천천히 운전석 쪽으로 다가온 마이의 눈빛에는 걱정이 어려 있었다.

"나는 괜찮아요."

"정말?"

그 말을 듣고, 잠시 생각에 잠겼다.

마이의 눈동자에 비친 자신은, 표정이 딱딱하게 굳어 있었다. 이래서야 마이가 걱정하는 게 당연했다. 불안하게 만든 것일지도 모른다.

"저기, 마이 씨."

"왜?"

"안 괜찮은 것 같아서 그러는데, 포옹 좀 해도 돼요?"

“어쩔 수 없네. 자.”

마이는 장난스럽게 두 팔을 벌렸다.

사쿠타는 거기에 응하듯 한 걸음 내딛더니, 마이의 가녀린 어깨와 등을 끌어안았다.

“의상, 흐트러지면 스타일리스트분께 미안할 거야.”

힘이 들어가려 하는 팔에서 힘을 뺐다.

그래서 맞닿은 가슴을 통해, 마이의 고동이 느껴졌다. 체온이 느껴졌다. 숨소리가 귓가로 스며들었다. 자신 쪽으로 살며시 기대는 마이란 존재를, 사쿠타는 온몸으로 느꼈다.

“책가방을 멘 나보다, 이 자리에 있는 내가 더 좋지?”

“당연하죠.”

“바니걸인 나보다, 끌어안을 수 있는 내가 더 좋지?”

“그건 좀 고민되네요.”

“농담을 늘어놓는 걸 보니, 괜찮은 것 같네.”

이만 떨어지라는 신호를 보내듯, 마이는 두 손으로 사쿠타의 가슴을 밀었다.

하지만, 사쿠타는 마이에게서 떨어지지 않았다.

떨어지는 게 아쉬웠다.

“최고인 건, 바니걸 차림의 마이 씨를 끌어안는 거예요.”

“그래서 사쿠타가 이상한 환상을 보지 않게 된다면, 생각해볼게.”

“이상하네요. 내가 마이 씨를 걱정하는 것 아니었어요?”

이래서는 입장이 완전히 뒤바뀌었다.

"뭐, 오늘은 아름다운 드레스를 입은 마이 씨를 실컷 감상할게요."

최대한 시간을 끈 후, 사쿠타는 어쩔 수 없이 마이한테서 떨어졌다.

"그렇게 해."

무대 의상을 입은 마이가 만족한 듯이, 장난기 섞인 웃음을 흘렸다.

바로 그때, 밖에서 스피커를 통해 안내 방송이 들려왔다.

"손님을 찾습니다. 후지사와시에서 오신 아즈사가와 사쿠타 씨, 일행분이 찾고 있습니다. 행사장 입구로 와주십시오. 다시 한번 말씀―."

"사쿠타를 찾네."

"아카기……."

2

접수처에서 이쿠미와 합류하고 노점에서 가볍게 배를 채우다 보니, 하늘은 완전히 어두워졌다. 창고 건물은 오렌지색 빛에 물들고 있었으며, 해안의 커다란 다리 근처에 정박 중인 대형 객선에서도 불빛이 켜졌다.

바닷가의 음악 페스티벌 행사장은 마이의 차례가 다가올

수록 인파가 늘어났다.

예정 시각의 30분 전이 되자, 몇 미터 앞도 보이지 않을 만큼 사람들로 붐볐다.

"꿈에서 본 것보다, 관객이 더 많네."

정확한 인원까지는 모른다. 하지만, 느낌상 세 배 가까이 늘어난 것 같았다.

메인 스테이지만으로는 인원을 전부 수용할 수 없어서, 광장 반대편에 설치된 세컨드 스테이지 앞까지 관객들로 메워졌다.

"다들『#꿈꾸다』를 본 거야. 나도 마찬가지지만 말이지."

그러고 보니 사쿠타가 본 꿈에서는 이쿠미가 행사장에 오지 않았다.

미래의 일로 여겨지는『#꿈꾸다』의 글이, 이쿠미와 사람들의 행동을 바꾸는 계기가 됐으리라.

어두운 하늘에는 꿈에서 본 것처럼 봄의 밤하늘을 수놓는 별들이 희미하게 빛나고 있었다.

사자자리의 레굴루스. 처녀자리의 스피카. 목동자리의 아크투루스. 사쿠타가 그것들을 하나하나 확인하고 있을 때, 조명이 꺼진 메인 스테이지를 환한 라이트가 비췄다.

그와 동시에, 준비하고 있던 록밴드가 연주를 시작했다.

비명 같은 환성이, 주위에 울려 퍼졌다.

그 열광을 받는 건 기타&보컬, 베이스, 키보드, 드럼의 남성 4인조다. 사쿠타가 꿈에서 본 바로 그 인기 록밴드다.

"……주제가네."

"뭐?"

"지난달까지 한 드라마의 주제가야!"

가르쳐준 사람은 옆자리의 이쿠미다.

어깨가 닿을 만큼 가까이 붙어 있는데도, 큰 소리로 말하지 않으면 대화를 주고받을 수 없다.

아직 게스트 보컬인 마이는 무대에 나타나지 않았다.

하지만, 이 자리에 모인 관객들은 곡에 맞춰 리듬을 새겼다. 그것이 행사장 전체에 퍼져 나가더니, 곧 일체감이 생겨났다.

분위기가 최고조로 달아오르면서, 4분이 살짝 안 되는 첫 곡이 끝났다.

그러자 몇 초 전까지의 열광이 거짓말이었던 것처럼, 행사장 안은 순식간에 정적이 감돌았다.

무언가를 기대하는 침묵.

마이의 등장을 기다리는 것이다.

관객의 반응을 본 보컬 남성이 쓴웃음을 머금었다.

그리고 그 표정을 유지한 채, 스탠드 마이크에 입을 가져가거니…….

"모처럼, 시크릿으로 준비했는데 말이야."

……하고, 투덜거렸다.

그러자 행사장 안은 웃음소리로 가득 찼다.

"뭐, 됐어. 다 같이 즐겨보자고!"

보컬은 스탠드 마이크를 무대 옆으로 치웠다. 그것을 신호 삼듯, 드럼이 다음 곡을 연주하기 시작했다.

마이가 주연을 맡은 영화 안에서, 마이가 연기하며 불렀던 곡이다.

"나는 여기서! 이 노래를 계속 부르겠어!"

영화 속의 대사를 외치며, 마이가 무대로 뛰어 들어왔다.

한가운데에 도착하는 것과 동시에, 힘찬 노랫소리를 토했다.

관객의 반응이, 열광의 파도가 되어 몰려왔다.

그것을 무대 위에서 받은 마이가, 3만 명가량 되는 관객의 파워에 뒤지지 않는 노랫소리를 토해냈다.

열광에 이은 열광. 감정의 소용돌이가 행사장 안에 거대한 고동을 낳았다.

보이지 않는 힘이 온몸에 퍼져 나가며, 집어삼키려 했다.

그 강렬한 에너지의 중심에 있는 이가 바로 마이였다.

노래하며, 행사장을 손가락으로 가리키자, 열기는 더욱 솟구쳤다.

땅울림 같은 관객들의 고동은, 바다 밑바닥에 사는 정체불명의 괴물을 깨운 것처럼 박력 있었다.

곡이 끝날 때까지의 걸린 시간은 4분 남짓이다. 하지만 곡이 끝나자, 마치 30분은 흐른 듯한 느낌이 들었다. 흥분과

달성감 같은 고양감이 행사장 안을 가득 채웠다.

드럼이 곡의 끝을 알리는 심벌을 쳤다.

그 직후 찾아온 것은, 술렁거림이 희미하게 남아있는 정적. 옅은 긴장감이 그 안에 존재했다.

한순간 뜸을 들인 후…….

"감사합니다. 게스트 보컬인 사쿠라지마 마이 양이었습니다."

남성 보컬이 연주의 끝맺는 말을 행사장의 관객에게 건넸다.

"들어주셔서 감사해요!"

마이는 이 자리에 모인 관객들을 향해 미소를 지으며 손을 흔든 후, 깊이 고개를 숙였다.

행사장 안은 우레와도 같은 박수 소리에 휩싸였다.

마이가 부르기로 한 것은 이 한 곡뿐이다.

이제 고개를 들고 간단히 인사를 한 후, 손을 흔들면서 무대에서 내려가면 된다.

사쿠타가 들은 바로는 그럴 예정이었다.

하지만, 그 전에 행사장 어딘가에서 목소리가 들려왔다.

"앙코르!"

처음에는 누군가 한 사람의 목소리였다.

그것은 곧…….

"앙코르!"

수백 명의 목소리가 됐다.

"앙코르!"

세 번째는 이 행사장 전체를 휘감는 크나큰 합창이 됐다.

“앙코르! 앙코르!”

누군가가 지시한 것은 아니다.

“앙코르! 앙코르!”

무대 앞에 모인 3만 명가량의 관객이, 리듬을 맞춰 손뼉을 쳤다.

“앙코르! 키~리시마~!”

자연스럽게 목소리가 변화하더니…….

“앙코르! 토~코~!”

거대한 「앙코르」란 이름의 의식이 창조됐다.

“앙코르! 앙코르!”

이제는, 멎을 기색이 없었다.

“키~리시마~! 토~코~!”

끝이 보이지 않는 기묘한 광경이다.

“아즈사가와.”

이쿠미가 불안 섞인 시선을 사쿠타에게 보냈다.

“어찌 보면, 부정하기 딱 좋은 상황이야.”

관객 전원이 그 이야기를 바라고 있다면, 마이 또한 이야기를 꺼내기 쉬울 것이다.

분명, 마이도 이 상황을 그렇게 받아들이고 있으리라.

사쿠타는 그렇게 생각했다.

하지만, 상황을 상상과는 다른 방향으로 흘러갔다.

마이가 얼굴을 들기 전, 드럼이 심벌로 리듬을 새기기 시작했다. 곧 스네어 드럼과 베이스 드럼이 추가됐다.

거기에 베이스 기타가 소리를 포개면서 리듬이 완성됐다.

행사장 안에 있는 이들의 의식이 소리에 쏠리면서, 「앙코르」 소리는 점점 잦아들었다.

거기에는, 기대감이 존재했다. 크게 부풀어 오른 기대감이…….

그리고 그것은 키보드의 소리가 더해진 순간, 단숨에 터져 나오면서 확신으로 변했다.

행사장 안은 감격에 찬 3만 명의 감탄에 휩싸였다.

선율이 가르쳐준 것이다.

아는 곡이라는 사실을…….

그것이 누구의 곡인지를…….

사쿠타도 눈치채고 말았다.

"이 곡은, 키리시마 토코의…….."

그렇게 중얼거린 이쿠미의 눈은, 무대에 못 박혀 있었다.

주목을 한 몸에 받은 마이가 드디어 고개를 들었다.

입가에는 미소가 어려 있었다.

크게 숨을 들이마셨다.

마이크를 입가로 가져갔다.

그 직후, 맑은 노랫소리가 행사장에 울려 퍼졌다.

너를 만나서 다행이야.

꿈에서 본 것과 같은 광경.
꿈에서 들은 것과 같은 노랫소리.

나는 그렇게 생각 안 해.
운명의 사람은 이제 어디에도 없어.

관객 대부분이 무대 위에 있는 마이에게 의식을 빼앗긴 채 그저 멍하니 서 있었다.
이 모습을 보기 위해 여기에 왔을 텐데, 실제로 그 광경이 펼쳐지니 다들 얼이 나갔다.

하지만, 너와 들은 사랑의 노래가 이렇게 말해.
분명 또 만날 수 있을 거라네.

사쿠타도 시선을 떼지 못했다.
맑은 목소리.
평온한 목소리.
그러면서, 파워풀한 연주에 뒤지지 않을 만큼 또렷하고 아름다운 노랫소리였다.

미아가 되는 것을 무서워하지 마.
아침이 되면 문을 열고 나가자.

대체, 무엇을 보고 있는 것일까.
대체, 무엇을 보게 된 것일까.
사쿠타의 머릿속이 의문으로 가득 찼다.
마이크를 쥐고 있는 건, 사쿠타가 잘 아는 인물이다.
국민적 지명도를 자랑하는 유명인.
아역 시절부터 활약해 왔고, 지금은 여배우로서 영화와 드라마에서 활약하고 있는 『사쿠라지마 마이』다.
그렇다. 마이가 틀림없다.

하지만, 미래는 누구도 증명 못 하잖아?
분명 내일도 나는 외톨이.
너와 반반씩 나누지 못하고,
가슴 속은 쭉 공허한 채.

무대 앞에 모인 관객들은, 마치 시간이 멈추기라도 한 것처럼 꼼짝도 하지 않았다. 목소리도 내지 않았다. 경악이란 감정에 사로잡힌 채, 굳어있었다.
그 꿈과 똑같이, 마이가 노래하고 있다.
마치 자기 노래인 것처럼 힘차게…….

마치 자기가 키리시마 토코인 것처럼, 당당히…….
　관객들은 아무 말도 하지 않았다. 몸으로 리듬을 새기지도 않았고, 손뼉을 치지도 않았다. 그저, 망연자실하게 서있을 뿐이었다.

　이런 마음을 느낄 줄 알았으면
　너를 만나지 말 걸 그랬어.

　행사장 안의 경악이 완전히 식기 전에, 마이는 키리시마 토코의 노래를 끝까지 불렀다. 변칙적인 2분이 채 안 되는 짧은 곡이다. 밴드 멤버의 연주가 페이드아웃을 하듯 서서히 잦아들었다.
　바다에 접한 광장에는 진정한 정적이 찾아왔다. 정적이 주위를 감쌌다. 하지만, 어둠 속에는 3만 명가량의 관객들의 기척이 명백히 존재하고 있었다.
　숨을 삼키며 기다리고 있다.
　마이의 말을 기다리고 있다.
　급해지는 마음을 꾹 억누르며, 기다리고 있었다.
　기대에 찬 마음은, 무대에 선 마이에게도 전해졌을 것이다. 그렇기에, 마이는 멋쩍은 듯이 웃고 있다.
　마이는 심호흡을 한 번 했다.
　그 모습 하나하나가 눈에 익었다.

진짜로, 꿈에서 본 것과 똑같았다.

마이는 마이크를 다시 들어 올려서 입가로 가져갔다. 그리고 천천히 입술을 움직였다.

"오늘 이 자리를 빌려서, 여러분에게 보고드릴 게 있어요."

아직 관객은 반응을 보이지 않았다. 지그시 무대 위만 올려다보고 있었다.

"이미 눈치채신 분도 계시겠지만……."

마이는 행사장 안을 둘러보며, 말을 잠시 멈췄다.

관객들의 의식이 순식간에 집중됐다. 마이는 행사장 전체를 둘러보며, 그런 감정을 전부 받아들였다. 그리고, 눈을 뜨는 것과 동시에…….

"실은, 제가 키리시마 토코예요."

……하고, 말했다.

첫 1초는 침묵.

다음 1초도 침묵이 이어졌다.

그 직후, 계속 쌓여왔던 관객들의 기대감이 일제히 폭발했다. 인내에서 해방되면서, 멈춰져 있던 시간이 흐르기 시작했다. 찢어질 듯한 환성이, 천둥처럼 공기를 뒤흔들었다. 행사장 안은 순식간에 음악 이벤트 특유의 고양된 분위기에 덧칠됐다.

환성 이외에는 아무것도 들리지 않았다. 환희가 행사장을 삼켰다.

"아즈사가와, 이게 대체 어떻게 된 거야?"

사쿠타와 이쿠미만이, 놀라움 속에 남겨져 있었다.

"내가 어떻게 알아."

질문에 답할 생각으로 한 말이지만, 이쿠미에게 들렸을지는 알 수 없었다. 주위의 열광이 사쿠타와 이쿠미의 목소리를 지워버렸다.

관객에게 둘러싸인 사쿠타와 이쿠미는, 꼼짝도 못 하며 가만히 서 있었다.

무대를 보면서.

무대 위에 선 마이를 보면서.

자신을 키리시마 토코라고 말한 마이를 멀리서 느끼며……무대가 끝날 때까지, 그저 멍하니 서 있었다. 머릿속으로 「왜」, 「어째서」란 말만 되풀이하면서…….

3

마이의 차례가 끝나고 무대 위가 비워진 후에도, 관객 대부분은 행사장에 가만히 있었다. 라이브의 여운에 젖은 탓에, 누구도 움직이지 못하는 것 같았다.

그들의 술렁거림은 열기를 머금으며, 행사장 전체를 두껍게 뒤덮었다.

이 자리에는 불가사의한 일체감이 존재했다.

그런 관객들 사이를 가르면서, 사쿠타는 서둘러 관계자 구역으로 향했다. 아까까지 같이 있었던 이쿠미와는 도중에 헤어지고 말았지만, 사쿠타는 마이를 만나는 것을 우선했다.

경비원에서 패스를 보여준 후, 관계자 구역 안으로 들어갔다.

목적지는 마이가 대기실로 이용하고 있는 『2호차』라고 쓰인 버스다.

사쿠타는 버스 안으로 뛰어 들어가서…….

"마이 씨, 아까 그건 대체 뭐예요?"

……하고, 빠른 어조로 물었다.

냉정해지자는 마음과는 달리, 다급한 마음을 억누를 수가 없었다.

"방금 무대를 마친 여친에게는, 우선 『수고했어요. 라이브 좋았어요』라고 말해줘야 하지 않을까?"

라이브를 무사히 마친 안도감 덕분인지, 화장대 앞에서 귀걸이를 빼는 마이의 말투는 약간 들떠있는 것처럼 느껴졌다. 마이 또한, 관객과 마찬가지로 무대의 고양감에 아직 사로잡혀 있었다.

절박한 분위기에 휩싸인 사쿠타와는 그야말로 정반대였다.

"라이브는 끝내줬지만……."

"지만?"

마이는 다른 한쪽의 귀걸이를 빼면서, 거울 너머로 사쿠타를 쳐다보며 그렇게 물었다.

“왜 그런 거짓말을…….”

“거짓말이라니?”

사쿠타는 진지한 표정으로 물었지만, 마이는 변함없는 태도로 그렇게 대꾸했다.

“마이 씨가 키리시마 토코라는 이야기 말이에요.”

거울 너머로 눈이 마주쳤다.

마이는 한순간 시선을 피하더니, 목걸이와 반지를 뺐다. 그리고 화장대 위에 놓인 케이스에 조심해서 집어넣더니, 마지막으로 케이스에서 하트 장식이 달린 반지를 꺼냈다. 사쿠타가 생일에 선물해준 반지다. 그것을 오른손 약지에 낀 후, 마이는 드디어 사쿠타를 돌아봤다.

“사쿠타에게 계속 비밀로 해와서 미안해. 사무소의 방침이었어. 노도카한테도 비밀로 해야 했다니깐.”

“내가 묻고 싶은 건 그게 아니라…….”

“이제까지 나는 키리시마 토코가 아니라고 말했으니까, 사쿠타가 바로 받아들이지 못하는 것도 무리는 아닐 거야.”

“그럼, 진짜로 마이 씨가…….”

사쿠타는 말을 잇지 못했다. 망설임 탓이었다.

“내가 키리시마 토코야.”

하지만 사쿠타가 망설인 말을, 마이는 아무렇지 않게 입에 담았다.

너무나도 자연스럽게.

당연한 일을 입에 담듯이.

사실이기에, 부담을 가질 필요가 없다는 것처럼.

사쿠타의 눈을 똑바로 쳐다보며, 마이는 말도 안 되는 사실을 입에 담았다.

"내가 키리시마 토코야."

망연자실한 사쿠타에게, 마이는 상냥한 목소리로 한 번 더 말했다.

어제까지는 그렇게 부정했으면서.

라이브가 시작되기 직전까지, 아니라고 했으면서.

그래서, 사쿠타의 마음은 1밀리미터도 납득 쪽으로 기울지 않았다. 미동조차 하지 않았다.

깊고 어두운 당혹의 바다에 가라앉기만 할 뿐이다.

"농담이 아닌 거죠?"

"이게 농담이라면, 나는 정말 끝내주는 배우겠네."

마이는 농담하듯 그렇게 말하면서 미소를 머금었다.

"마이 씨는 끝내주는 배우 맞잖아요."

사쿠타는 웃을 마음이 전혀 들지 않았다.

적어도, 지금의 마이는 거짓말을 하는 것처럼 보이지 않았다.

마이는 자신이 바로 키리시마 토코라고 진심으로 믿고 있다.

그런 부자연스러운 자연스러움이 마이에게 존재했다.

"마이 씨, 옷 다 갈아입었어요?"

버스의 문이 열리더니, 료코가 밖에서 안쪽을 들여다봤다.

아직 드레스 차림인 마이를 보더니…….

"빨리 옷 갈아입어 주세요. 이러다간 신칸센을 놓칠 거예요."

……하고 말하며 마이를 재촉했다.

"마이 씨, 아직 남은 일정이 있어요?"

"내일, 아침부터 고베에서 촬영이 있어. 그러니 오늘 현지로 가야 해."

"그러니까, 사쿠타 씨는 빨리 내려주세요."

료코가 사쿠타에게 버스에서 내려달라고 말했다.

"남은 이야기는 촬영을 마치고 돌아와서 하자."

마이가 그렇게 말하자, 이 자리에 남아있을 수 없었다.

게다가 지금 이 자리에서 이야기를 이어간다고 해서, 사쿠타가 당혹감의 소용돌이에서 빠져나올 수 있을 것 같지 않았다.

"저기, 마이 씨."

"왜?"

"사랑해요."

마이가 약간 멋쩍은 듯한 미소를 지었다. 그 모습도, 표정도, 사쿠타가 익히 아는 마이가 틀림없었다.

"사쿠타."

"네."

"나도 사랑해."

마이는 장난스럽게 웃었다. 그 모습 또한, 사쿠타가 익히 아는 마이 그 자체였다.

버스에서 내리자, 갑자기 주위가 어두워졌다.
신발과 지면이 일체화되면서, 어둠에 녹아 들어갔다.
경계선이 애매한 발치를 신경 쓰면서 걷고 있을 때, 관계자 구역 밖에 서 있는 이가 눈에 들어왔다.
이쿠미였다.
고개를 살짝 숙인 그녀의 얼굴이, 스마트폰의 불빛에 비쳤다.
관계자 구역에서 나온 사쿠타는 이쿠미에게 다가가서 말을 걸었다.
"안 기다려도 되는데 말이야."
"신경 쓰여서 기다렸어."
"뭐, 그러겠지……."
"어땠어?"
"이런 걸 여우한테 홀린 기분이라고 하는 걸까? 적어도 마이 씨는 자기가 키리시마 토코라고 진짜로 생각해."
"이와미자와 네네 양이나, 다른 산타클로스들과 마찬가지인 거야?"
"글쎄. 다른 것 같아. 마이 씨의 부분이 똑똑히 남아있거든. 그리고 마이 씨는 키리시마 토코가 될 이유가 없잖아?"
"맞아."

"게다가, 다른 사람에게 보이거든."

바로 그 점이 네네나 다른 산타클로스와 결정적으로 달랐다.

"아까 라이브에서의 말이 SNS로 퍼져서, 다들 사쿠라지마 씨가 키리시마 토코라고 여기나 봐."

이쿠미는 움켜쥐고 있는 스마트폰을 쳐다봤다.

"고등학교 때, 마이 씨가 투명 인간이 된 적이 있어."

"또 한 명의 나한테서 들었어. 전교생이 못 본 척을 하니까, 진짜로 아무에게도 인식되지 않게 됐다며?"

"어쩌면 그것과 같은 일이 벌어진 것 아닐까?"

사쿠타가 그렇게 말하자, 이쿠미는 뭔가를 눈치챈 듯한 표정을 지었다.

"키리시마 토코의 정체가 사쿠라지마 씨라고 다들 생각하니까, 진짜로 그렇게 됐다……?"

"……."

이쿠미가 확인하듯 그렇게 말하자, 사쿠타는 말없이 고개를 끄덕였다.

"그렇다면, 아즈사가와가 본 책가방을 멘 사쿠라지마 씨도 그런 걸지도 몰라."

"그런 거라니?"

"모두가 생각하는 『사쿠라지마 마이』의 이미지가 아즈사가와에게는 보이는 것 아닐까?"

듣고 보니 그럴 것 같은 느낌이 들었다.

"그럴지도 몰라."

하지만, 지금은 그런 이야기를 나눌 때가 아니었다.

"고등학교 때는 아즈사가와가 전교생 앞에서 고백을 해서, 그 문제를 해결했다며?"

"응. 그렇게 해서, 전교생의 인식을 덧칠했어."

"만약, 이번에도 같은 일을 하려면……."

"이번에는 전 세계 사람들 앞에서 프러포즈라도 해야 할지도 모르겠는걸……."

미네가하라 고등학교의 학생은 약 천 명 정도였다.

하지만 지금, 『사쿠라지마 마이』가 『키리시마 토코』라고 생각하는 이의 숫자는 그때와 비교조차 안 된다. 이미 SNS로 정보가 퍼지면서 공유된 만큼, 이 순간에만 해도 몇백만 명이 넘을 것이다. 아니, 그보다 훨씬 많을지도 모른다.

"아즈사가와는 전 세계 사람들의 인식을 한 번에 바꾸는 게 가능하다고 생각해?"

"……."

가능하다고 말할 수는 없었다.

불가능하다고 말하고 싶지는 않았다.

마이를 위해서라면, 할 수밖에 없다.

사쿠타의 기나긴 침묵은, 이쿠미의 질문에 대한 대답이기도 했다.

"답 없는 질문을 해서 미안해."

"가능성이 있다면, 역시 하나뿐이겠지."

"그건……."

"이번에야말로, 진짜 키리시마 토코에게 나서달라고 할 수밖에 없어."

"그럼, 우선 키리시마 토코를 찾아야겠네."

이쿠미가 그렇게 말한 순간, 사쿠타는 어떤 사실을 눈치챘다.

"……어쩌면 이걸 말한 걸지도 몰라."

"뭐?"

"『마이 씨가 위험해』란 말 말이야……."

"……."

사쿠타의 말을 들은 이쿠미가 눈을 동그랗게 떴다. 이쿠미의 표정을 보니, 그 생각에 동의하는 것 같았다. 그 직후, 이쿠미가…….

"윽!"

갑자기 짧은 비명을 질렀다.

갑자기 누군가가 몸을 만지기라도 한 듯한 반응이다.

"왜 그래?"

"……."

이쿠미는 사쿠타의 질문에 답하지 않으며, 왼손바닥을 쳐다봤다.

"설마 건너편 세계에서……?"

사쿠타의 말에 답하듯…….

"아즈사가와, 이걸 봐."

이쿠미는 손바닥을 보여줬다.

눈에 들어온 것은, 검은색 펜으로 쓰인 익숙한 글씨체였다.

거기에는 두 줄로…….

—현실이 바뀌기 전에

—키리시마 토코를 막아줘.

……하고 사쿠타의 글씨체로 문장이 적혀 있었다.

하지만 보기만 해서는 그 의미를 알 수 없었다.

"무슨 뜻이지?"

메시지에서 눈을 뗀 사쿠타가 이쿠미에게 그렇게 물었다.

"내가 아니라, 본인에게 물어봐."

그렇게 말한 이쿠미는 조그마한 숄더백에서 검은색 펜을 꺼냈다.

"준비성이 좋네."

"언제 이런 일이 일어날지 모르니까, 항상 가지고 다닐 뿐이야."

"그런 사람을 두고, 준비성이 좋다고 하는 거잖아?"

펜을 건네받은 후, 뚜껑을 열었다.

"마음껏 써."

이쿠미가 아무것도 적히지 않은 오른손을 내밀자…….

—현실이 바뀐다는 게 무슨 소리야?

사쿠타는 이런 메시지를 썼다.

그러자 곧 왼손에 글자가 떠올랐다.

—나는 키리시마 토코를 관측하지 못했어.

의문이 더 깊어지게 하는 한 마디였다.

사쿠타가 그 말의 의미를 물어보기 위한 질문을 적기 전에, 이쿠미의 왼손에 또 글자가 떠올랐다.

—곧 내 인식도 바뀔지도 몰라.

메시지가 이쿠미의 손바닥에서 손목 쪽으로 뻗어나갔다.

—뒤를 부탁해.

사쿠타가 눈을 떼지 않으며 지켜보는 가운데, 팔까지 글자는 이어졌고……

—스마트폰을 가지지 않는 사춘기의

마지막의 「의」를 끝까지 쓰기 직전, 갑자기 메시지가 끊겼다.

—사춘기의가 뭔데?

재촉해봤지만, 답이 없었다.

그 대신…….

"미안해."

이쿠미가 그렇게 말했다.

"감각이 끊어진 것 같아."

이쿠미는 미안하다는 듯이 눈을 내리깔았다.

"그래……."

이쿠미의 피부에서 펜을 뗀 후, 뚜껑을 끼웠다.

"그래."

다시 한번, 이번에는 천천히 그렇게 말하는 것 말고는 사쿠타가 할 수 있는 일은 없었다.

4

주택가를 달리는 전철의 창밖으로, 사람들의 생활을 비추는 따뜻한 불빛이 보였다.

하지만 문 옆에 선 사쿠타의 눈에는 그런 풍경이 들어오지 않았다. 시야에는 들어오지만, 의식이 쏠리지 않았다.

요코하마역에서 이쿠미와 헤어지고 갈아탄 토카이도선의 차내는, 좌석에 빈자리가 없을 정도로만 혼잡했다. 승객 대부분이 스마트폰을 보거나 눈을 감고 있었다.

전철 안의 풍경은 아까까지와 다르지 않았다.

사쿠타도 같은 자세로 같은 생각을 하고 있었다.

오늘 있었던 일을, 머릿속으로 되새겨보고 있었다.

아침에 일어났을 때는, 평소와 똑같았다.

나스노에게 얼굴을 밟혀서 눈을 떴고, 나스노와 함께 아침을 먹었으며, 늦게 일어난 카에데의 아침도 준비했다.

반쯤 졸면서 식사를 마친 카에데는 점심쯤에 친구와 약속이 있다면서 나갔다. 소꿉친구인 카노 코토미와 스위트 불릿의 라이브를 보러 간 것이다.

카에데를 배웅한 후, 외출할 준비를 마친 사쿠타는 오후 두 시가 되기 전에 집을 나섰다.

후지사와역에서 전철을 타고 우선 요코하마역으로 향했다. 거기서 미나토미라이선으로 갈아탔으며, 역 플랫폼에서 이쿠미와 합류했다.

여기까지는 이상한 점이 전혀 없다.

이변이 일어난 것은 바샤미치역에 내린 후부터다.

벽돌로 된 역내에서 어린 마이를 발견했다. 책가방을 멘 마이다. 게다가 초등학교 저학년인 마이와 고학년인 마이를 봤다.

역을 나서자, 흰색 원피스 차림의 마이를 발견했다. 영화 속에서 본 마이였다. 그것은, 심장병에 걸린 소녀를 연기할 때의 마이였다.

게다가 음악 페스티벌 행사장에서는, 바니걸 의상을 입은 마이도 있었다.

전부 잘못 본 것이라고는 생각할 수는 없었다.

그 후, 라이브가 시작되기 전에 버스 안에서 만난 마이에게는 이상한 느낌이 없었다.

지극히 평범했다.

오히려, 이상한 것을 본 사쿠타를 걱정해줬을 정도다.

포옹을 나눈 마이의 감촉은, 평소와 다름없었다.

온기도, 부드러움도, 사쿠타가 알고 있는 마이 그 자체였다.

그래서, 걱정할 필요 없다고 생각했다.

하지만, 결과는 어떤가.

마이는 음악 페스티벌의 무대 위에서, 말도 안 되는 발언을 했다.

—제가 키리시마 토코예요.

떠올리기만 해도, 몸이 기묘한 감각에 지배당했다.

현실이라는 생각이 들지 않았다.

꿈이라도 꾸고 있는 게 아닐까, 하는 생각마저 들었다.

제발 그랬으면 좋겠다는 생각을 하고 말았다.

그 감각에 박차가 가해진 것은, 라이브 직후에 마이가 보인 태도다.

자기 자신이 키리시마 토코라고 말하는 점 말고는, 사쿠타가 알고 있는 마이였다.

말에서는 위화감이 느껴져도, 태도에서는 위화감이 느껴지지 않았다.

아니, 위화감이 느껴지지 않는다는 것이 위화감이었다.

결정타는 이쿠미에게 전해진, 다른 가능성의 세계로부터의 메시지다.

—현실이 바뀌기 전에

—키리시마 토코를 막아줘.

건너편의 사쿠타가 하고 싶었던 말이 뭔지, 전부 파악하는 건 어렵다. 대화 또한 중간에 끊어지고 말았다.

신경 쓰이는 점이라면 몇 가지 있다.

일이 나쁜 쪽으로 흘러가고 있다는 느낌만은 강렬했다.

그리고, 그 중심에 키리시마 토코가 있다는 것도…….

하지만 건너편의 사쿠타가 「자신은 인식하지 못했다」고 말한 존재를, 이쪽 세계에서 과연 어찌할 수 있을까.

고등학교 2학년의 끄트머리에 건너편 세계에 갔을 때, 느낀 게 있다. 아무래도 건너편의 사쿠타가 여러모로 나은 사람인 것 같았다.

그런 생각을 하다 보니, 전철은 사쿠타가 내려야 하는 후지사와역에 도착했다.

역에서 집으로 걸어가면서도, 계속 생각에 잠겼다.

쭉 오늘의 일을 생각했다.

하지만, 아무리 생각해도 사쿠타는 결론에 도달하지 못했다. 유일하게 도달한 곳은 자신이 사는 맨션이다.

“일단, 후타바와 상의해야겠어.”

엘리베이터를 내린 후, 방 앞에 섰다.

호주머니에서 열쇠를 꺼낸 후, 문을 열었다.

“나스노, 다녀왔어.”

현관에서 집안을 향해 그렇게 말하자, 거실 쪽에서 애완고양이인 나스노가 「냐옹~」 하고 울면서 얼굴을 내밀었다.

그리고, 그 뒤를 이어…….

“오빠, 어서 오세요!”

흑백으로 구성된 길쭉한 생물이 나타났다.

판다 잠옷을 입을 카에데였다.

신발을 벗던 사쿠타는 그 모습을 보고 움직임을 멈췄다.

"카에데, 뭐 하는 거야?"

"귀가한 오빠를 환영하는 거예요!"

힘차게 만세를 하면서, 사쿠타를 환영해 주고 있었다.

하지만, 카에데답지 않은 언동이었기에 사쿠타의 의문은 깊어져만 갔다.

"……."

카에데를 지그시 바라봤다.

뭔가 이상하다.

"오빠?"

사쿠타가 표정을 굳히자, 카에데는 몸을 비스듬히 기울이며 오빠의 얼굴을 들여다봤다.

이 모습이 눈에 익었다.

이 표정도 눈에 익었다.

항상 판다 잠옷을 입고 있던 또 한 명의 여동생.

하지만, 그럴 리 없다면서 이성이 부정하려 했다.

그러나, 한 번 뇌리를 스친 생각을 제거할 수는 없었다.

머릿속에 싹튼 가능성이 순식간에 부풀어 오르더니, 무의식적으로 입 밖으로 흘러나왔다.

"『카에데』야……?"

“카에데 맞는데요?”

사쿠타가 던진 질문의 의도를 확인하려는 듯이, 온몸을 더 기울이며 의아해했다.

“정말 『카에데』인 거야?”

“물론 카에데는 카에데예요, 오빠!”

카에데는 온몸으로 기운차게 대답했다. 기억하는 것보다 조금 성장하기는 했지만, 정말 『카에데』다운 『카에데』의 미소를 지으면서…….

눈앞의 현실 탓에, 사쿠타의 감정은 당혹감에 사로잡혔다.

그야말로 꿈을 꾸고 있는 듯한 기분이었다.

놀랍기는 했다.

하지만, 놀랄 수는 없었다.

기뻐하기에는, 아직 상황을 이해하지 못했다.

감정은 당혹감에 사로잡힌 채, 굳어 있었다.

이 상황을 제대로 받아들일 수가 없었다.

머릿속은 당혹감의 숲을 헤매고 있었다. 거기서 빠져나오지 못하고 있을 때…….

『물이 데워졌습니다.』

……하고 안내 음성이 들려왔다.

“오빠, 목욕할래요?”

“아니…….”

그것은 카에데에게의 대답이 아니라, 당혹스러움이 소리

가 되어 입 밖으로 나왔을 뿐이었다.

"그럼, 오늘은 카에데가 먼저 씻을게요."

카에데는 개의치 않으면서 힘차게 대답했다.

현관에서 방 안으로 들어가더니, 갈아입을 옷을 가지고 세면장에 들어갔다.

닫힌 세면장의 문을, 사쿠타는 멍하니 쳐다보고 있었다.

잠시 후, 물소리가 들려왔다.

그 소리는 전화벨 소리가 포개졌다. 거실 쪽에서 사쿠타를 부르고 있다. 조건반사적으로 신발을 벗은 후, 그제야 집에 들어선 사쿠타는 거실로 서둘렀다.

버튼이 반짝거리고 있는 전화기를 향해 손을 뻗었다. 그리고 수화기를 귓가에 대더니…….

"여보세요."

……하고, 아무 생각 없이 말했다.

"아, 오빠?"

들려온 것은 귀에 익은 목소리였다.

전화기의 디스플레이에 표시된 상대방의 번호도 알고 있다.

『카에데(花楓)』의 목소리였고, 『카에데(花楓)』의 전화번호였다.

"……."

또, 머릿속이 정지되고 말았다.

"어라? 오빠, 내 말 안 들려?"

다시 수화기에서 『카에데(花楓)』의 목소리가 들려오
자…….

"들려."

……하고, 조건반사적으로 대답했다.

대체, 어떻게 된 것일까.

무슨 일이 벌어진 것일까.

"카에데(花楓)인 거야……?"

"그렇긴 한데, 왜 그래?"

사쿠타의 얼빠진 질문을 들은 카에데(花楓)는 쓴웃음을
머금었다.

"진짜로, 카에데(花楓)야?"

"당연하잖아. 진짜 무슨 소리를 하는 거야?"

이 목소리는 『카에데(花楓)』가 틀림없었다.

"뭐, 됐어. 오늘은 아빠와 엄마 집으로 돌아갈게. 외출할
때 말하는 걸 깜빡해서, 그 말을 하려고 전화한 거야."

말투와 태도도, 『카에데(花楓)』가 틀림없었다.

하지만, 그렇다면 귀가한 사쿠타를 맞이한 『카에데』라는
존재는, 어떻게 설명해야 할까.

이 집에는 『카에데』가 있고, 지금 전화로 『카에데(花楓)』와
이야기를 나누고 있다.

두 사람이 동시에 존재하는 것이다.

그럴 리가 없는데도 말이다.

"아, 맞다! 스위트 불릿, 진짜 대단해! 오늘, 라이브 마지막에 발표했는데 스위트 불릿의 무도관 공연이 확정됐대! 나, 꼭 보러 갈 거야! ……어, 오빠. 내 말 듣고 있어?"

"듣고 있어."

그것도 반사적으로 나온 말이다.

듣고 있다.

들리고 있다.

하지만, 머릿속으로 전혀 들어오지 않는다. 들어오지 않았다.

"저기, 카에데(花楓)."

"왜?"

"한동안, 아버지네 집에서 지내지 않겠어?"

"봄방학 동안은 그럴 생각인데, 왜?"

"이유는 묻지 마."

그렇게 대답할 수밖에 없었다.

지금 집에 『카에데』가 있으니까, 라고는 말할 수 없으니 말이다.

제2장

안개 속을 걷다

1

　다음 날 아침은 나스노에게 밟히는 감촉을 느끼며 시작됐다. 눈을 감고 있지만, 하나둘 하나둘 하는 리듬으로 밟는 게 느껴졌다.

　사쿠타는 어쩔 수 없이 눈을 반쯤 떠봤다. 흐릿한 시야에, 자신을 내려다보는 나스노의 모습이 비쳤다.

　"좋은 아침이야, 나스노."

　이어서, 커다란 하품이 입에서 나왔다.

　졸음이란 이름의 중력에 진 눈꺼풀이 그대로 감겼다.

　기분 좋게 깬 것과는 거리가 멀었다. 오히려, 기분 나쁜 쪽에 가까웠다.

　원인은 알고 있다. 어젯밤에 좀처럼 잠이 오지 않아서다.

　이유는 여러 가지다.

　어제, 많은 일이 있었다. 너무 많은 일이 있었다.

　그중에서도, 현관에서 『카에데』가 마중해준 것이 크게 영향을 끼쳤다. 사쿠타의 마음속에 커다란 파도가 인 것이 틀림없다. 그런 상황에서도 아무렇지 않게 잠들 수 있을 리가 없으며, 기분 좋게 깰 수 있을 리도 없다.

　밤새도록 깊이 잠들지 못했고, 새벽까지 깼다 잠들기를 반복했다. 사쿠타가 겨우 잠에 빠져든 것은 커튼 너머가 밝아오기 시작했을 때……. 그리고 한두 시간 만에 깬 것이다.

“하암~.”

또, 기나긴 하품을 토했다.

이대로 다시 잠들고 싶은 기분이다.

사쿠타는 그것을 참으며, 시계를 쳐다봤다.

현재 시각은 7시 32분.

날짜는 4월 2일. 일요일.

즉, 4월 1일의 다음 날이다. 요코하마 아카렌가 창고에서 음악 페스티벌이 개최된 다음날이 틀림없다.

“어제 일이, 전부 꿈일 리는 없겠지…….”

사쿠타의 그런 낙관적인 생각을 부정하듯…….

“나스노, 오빠는 일어났나요?”

그런 목소리가 방 밖에서 들려왔다.

『카에데』의 목소리다.

나스노가 「냐옹~」 하고 우는 소리를 내더니, 문틈을 통해 밖으로 나갔다. 뒤늦게 침대에서 나온 사쿠타는 세 번째 하품을 하면서 나스노의 뒤를 쫓았다.

사쿠타가 거실에 가보니…….

“아, 오빠. 좋은 아침이에요.”

판다 잠옷을 입은 카에데가 미소를 지어 보였다.

“아침밥, 다 됐어요!”

그 말대로, 식탁에는 토스트와 스크램블에그, 소시지와

방울토마토라는 익숙한 메뉴가 놓여 있었다.

"이걸 직접 만든 거야?"

"오늘은 마이 씨에게 직접 전수받은 스크램블에그예요."

"전수받았구나."

"카에데는 이미 스크램블에그 마스터급의 실력자예요."

카에데는 우쭐대듯 가슴을 폈다. 그 자신감에 걸맞게, 접시 위에 놓인 스크램블에그는 참 맛있어 보였다. 마치 마이가 만든 스클램블에그 같았다.

"그럼, 실력자의 맛을 즐겨볼까."

"네!"

힘차게 대답한 카에데는 식탁을 사이에 두고 앉았다.

요즘 들어 『카에데(花楓)』가 앉던 의자에, 시금은 『기에데』가 앉아있다. 스크램블에그가 토핑된 토스트를 베어 물더니, 맛있게 오물거렸다. 그 모습은 누구의 눈에도 행복으로 가득 찬 미소처럼 보일 것이다.

그렇기에, 사쿠타는 한 치 앞도 보이지 않는 기묘한 숲속을 방황하고 있는 느낌이 들었다.

눈앞에는 분명 『카에데』가 있다.

틀림없이 『카에데』가 있는 것이다.

"……."

아직 현실미가 없어서, 꿈을 꾸고 있는 느낌이 들었다.

"오빠, 식사 안 해요?"

“할 거야.”

카에데를 따라서, 스크램블에그를 토스트 위에 얹었다. 향기로운 토스트의 아삭한 식감과, 잘 익힌 스크램블에그의 부드러운 식감이 입안을 행복하게 만들었다.

“맛있는걸.”

“이래 봬도 마스터급의 실력자니까요.”

카에데는 또 우쭐대듯 가슴을 폈다.

“저기, 카에데.”

“네?”

“여기에 온지, 몇 년 됐어?”

“4년이 흘렀어요. 올해 4월부터 5년째에 돌입하고요.”

“그렇지?”

“오빠, 혹시 잠이 덜 깬 거 아니에요?”

카에데는 명탐정처럼 눈동자를 반짝이며 지적했다.

“들켰구나.”

“그런 오빠를 위해, 카에데가 커피를 타드릴게요.”

힘차게 자리에서 일어난 카에데는 부엌으로 향했다.

그 뒷모습은 기억 속의 『카에데』보다 성장했다. 후지사와에 있는 이 맨션에서 사쿠타가 『카에데』와 생활을 시작한 것이 지금으로부터 4년 전의 일이다. 사쿠타가 고등학교에 입학한 봄이며, 기억을 되찾고 『카에데(花楓)』로 되돌아간 것은 고등학교 2학년 가을 끄트머리의 일이다.

사쿠타가 알고 있는 건, 『카에데』가 중학생일 때까지의 모습이다.

판다 후드 밖으로 드러난 얼굴에서는, 그 시절보다 앳된 느낌이 약간 사라졌다.

그러니, 카에데의 말이 옳을 것이다.

후지사와에 오고 4년이 흘렀다.

5년째에 돌입했다.

여기에 있는 카에데는 쭉 『카에데』였다……는 것이리라.

"자, 오빠. 여기 있어요."

부엌에서 돌아온 카에데는 김이 모락모락 나는 너구리 머그컵을 사쿠타의 앞에 뒀다.

"고마워."

커피를 한 모금만 마셨다. 약간 썼다. 하지만 그 쓴맛이 지금 이 순간이 현실이란 사실을 사쿠타에게 알려줬다. 꿈도 환상도 아닌, 현실이란 사실을…….

아무튼, 지금은 하나하나 맞춰볼 수밖에 없다. 어제까지의 현실과, 눈앞의 현실을…….

"카에데, 어제는 뭐 했어?"

"점심때는 학교에 가서, 신입생 환영회에서 쓸 부활동 소개 자료를 준비했어요."

"학교?"

"미네가하라 고등학교 말이에요."

사쿠타의 질문을 들은 카에데가 의아한 표정을 지으며 고
개를 갸웃거렸다.

"부활동이라니?"

"생물부인데요?"

카에데는 아까보다 더 의아한 눈길로 사쿠타를 쳐다봤다.

"참, 그랬지."

아무래도 눈앞에 있는 카에데는 미네가하라 고등학교에
다니는 것 같았다. 그리고, 생물부라는 부활동 소속이다.

"올해 신입 부원을 확보 못하면, 폐부가 될지도 몰라요."

"그럼 부활동 소개를 열심히 해야겠네."

"네, 열심히 할 거예요!"

카에데는 두 손을 말아쥐며 의욕을 보였다.

"그것보다, 어제는 놀랐어요."

"응?"

"마이 씨가, 키리시마 토코 씨였군요."

무슨 말을 하는가 했더니, 카에데는 잡담하듯 어제 일을
이야기했다. 그 어조는 카에데답게 느긋했으며, 그 이야기
를 의심하는 느낌이 전혀 없었다.

"카에데도 라이브를 본 거야?"

"네. 스트리밍으로 봤어요."

카에데의 시선이 소파 앞에 있는 테이블로 향했다. 그곳
에는 노트북 컴퓨터가 놓여 있었다. 저것으로 봤다는 의미

이리라.

"카에데는 마이 씨가 키리시마 토코라고 생각해?"

"……그게 무슨 말이에요?"

카에데는 몸을 기울이면서, 온몸으로 의문을 표현했다.

"마이 씨가 그렇다고 말했잖아요? 아닌가요?"

"아니, 맞기는 한데……."

"……네?"

카에데의 표정에서 의문이 사라지지 않았다. 그 의문이 사라지기 전에, 「삐삐」 하고 세탁기의 전자음이 세면장 쪽에서 들려왔다.

"세탁기가 부르네요."

남은 토스트를 입안에 욱여넣은 카에데가 자리에서 일어나더니, 익숙한 발걸음으로 세면장을 향했다. 사쿠타가 아는 카에데보다 생활 능력이 뛰어났다. 4년이라는 세월이 카에데를 성장시킨 것이리라.

그것은 기쁜 사실이지만, 사쿠타는 솔직하게 기뻐할 수는 없었다. 아직 이 상황을 어떻게 받아들이면 좋을지, 답을 내놓지 못하고 있었다.

눈앞의 현실에 대한 의문이 너무나도 컸다.

진짜 현실이 맞는지, 확신을 가질 수 없다.

어제부터 쭉, 안개 속을 정처 없이 헤매고 있는 기분이다.

하다못해, 조금만 더 상황을 확인하고 싶다.

스크램블에그의 마지막 한 조각을 먹은 후, 식탁에서 일어난 사쿠타는 집 전화기의 수화기를 향해 손을 뻗었다.

외우고 있는 열한 자리의 번호를 눌렀다.

고등학생 때부터 친구인 후타바 리오의 전화번호다.

두 번의 호출음이 들린 후, 전화가 연결됐다.

"후타바, 나야. 아침부터 미안해. 잠시 시간 좀 내줄래?"

냉정을 유지하려 했지만, 다급해지는 마음을 억누를 수가 없었다. 그 탓에 말이 빨라졌다.

"후타바는 현재 전화를 받을 수 없습니다."

하지만 들려온 것은 뜻밖에도 남자의 목소리였다.

"삐 소리가 들린 후, 메시지를 남겨주십시오~."

하지만 사쿠타는 이 장난기 섞인 목소리가 귀에 익었다. 듣자마자 누구인지 눈치챘다. 고등학생 때 사귄 또 한 명의 친구…… 쿠니미 유마다.

"왜 쿠니미가 받는 거야?"

"응~? 뭐, 사쿠타라면 받아도 될 것 같았거든."

영문 모를 대답이었다.

"후타바는?"

"지금, 온천을 즐기고 있어."

또 예상치 못한 대답이 들려왔다.

"뭐?"

무심코 얼빠진 소리를 내고 말았다.

“그러니까, 온천을 즐기고 있다고.”

그에 반해 유마는 태연한 어조로 같은 설명을 반복할 뿐이다.

“그러니까, 너희가 왜 온천에 있는 건데?”

“전에 사쿠타한테서 사쿠라지마 선배와의 온천 데이트 이야기를 듣고, 우리도 가보고 싶어졌거든.”

유마는 일부러 그 이유를 세세하게 가르쳐줬다.

“그럼, 혹시 같이 묵는 거야?”

“당연하지.”

“쿠니미나 되는 사람이, 당당히 바람을 피우는 거냐고.”

비난하는 마음이, 놀라움과 함께 목소리에 실렸다.

“바람이라니, 무슨 소리야?”

그 말을 듣고 웃음을 터뜨린 유마는 당당했다.

그 순간, 뭔가 이상하다는 느낌이 들었다.

대화가 맞물리고 있지 않은 듯한 느낌이 들었다.

“카미사토와는 어떻게 된 거야?”

이 이름을 꺼낸다면, 유마의 태도도 달라질 것이라고 여겼다.

“어떻게 됐냐니…… 2년 전에 헤어진 건 사쿠타도 알잖아?”

“뭐?”

또 얼빠진 소리를 냈다.

“사쿠타, 괜찮아? 너, 아까부터 이상하거든?”

그런 사쿠타에게, 유마는 친한 친구답게 웃으면서 말을 건넸다. 진심으로 즐거워하는 듯한 어조로…….

"잠깐만. 즉, 쿠니미는 후타바와 사귀고 있는 거야?"

"이제 와서 무슨 소리를 하는 거야?"

심장 박동이 빨라지는 것이 느껴졌다.

"진짜로 사귀고 있는 거야?"

초조함 탓에 입술이 떨렸다.

"응, 사귀고 있어."

입안이 쩍쩍 말라 들어갔다.

"언제부터야?"

그래도, 사쿠타는 목소리를 쥐어짜서 물었다.

"내가 훈련을 마치고 돌아온 작년 가을부터야. 이제, 됐지?"

"……."

됐다, 고는 말할 수 없었다.

머릿속이 혼란스러웠다.

유마의 말에 농락당하면서, 혼란에 빠졌다.

"그러고 보니, 역시 사쿠라지마 선배가 키리시마 토코였구나."

당황한 사쿠타에게, 유마는 겸사겸사 말을 꺼내는 투로 그렇게 말했다. 덕분에 사쿠타는 물어볼 필요가 없어졌지만, 마음속은 화제를 바꿀 수 있을 만큼 진정되지 않았다.

작게 심호흡을 한 후…….

"……쿠니미도 그렇게 생각해?"

……하고, 머뭇머뭇 질문을 던졌다.

"나는 직접 보지 않았지만, 어제 음악 페스티벌에서 발표했다며? 지금 SNS를 보면, 다들 그 이야기만 해."

"마이 씨에 관해, 후타바는 무슨 말 안 했어?"

수화기를 쥔 손에 자연스럽게 힘이 들어갔다. 발치에서 스멀스멀 기어 올라오는 긴장감이 그렇게 만들었다.

"응~?『만날 시간이 줄게 된 아즈사가와가 불쌍해』하고 말했던가?"

한 마디도 놓치지 않겠다는 듯이, 의식을 귀에 집중했다.

"사쿠라지마 선배가 더 바빠질 테니까 말이야."

하지만 들려온 것은 듣고 싶지 않았던 결과다. 바라지 않던 결과였다.

"……후타바도 마이 씨의 발표를 믿는 거구나."

즉,『키리시마 토코』의 정체가『사쿠라지마 마이』라고 여기는 것이다.

그럴 리가 없다는 이야기를, 사쿠타와 이제까지 몇 번이나 나눴는데도 말이다.

"아, 후타바가 돌아왔으니까 바꿔줄게."

전화 너머에서는 「사쿠타야」, 「무슨 일이래?」, 「잘 모르겠어」 같은 짤막한 대화가 들려왔다. 그 후…….

"왜?"

리오의 목소리가 들려왔다.

이제, 무엇부터 상의하면 좋을지 알 수가 없었다.

마이가 키리시마 토코라고 말한 일일까.

이쿠미에게 전해진, 다른 가능성의 세계로부터의 메시지일까.

지금, 집에 『카에데』가 있다는 것일까.

또한 『카에데(花楓)』와도 전화로 이야기를 나눴다는 것일까.

유마와 리오가 사귄다는 것일까.

아무튼, 이상한 사태가 너무 많이 일어났다.

너무 많은 탓에 머릿속을 정리할 수가 없었다.

게다가, 믿었던 리오가 처한 상황마저 이상해진 것이다. 과연 지금의 리오와 상의를 해도 될까.

사쿠타가 상의하고 싶었던 상대는 유마와 사귀지 않는 리오이자, 마이를 키리시마 토코라고 생각하지 않는 리오였다.

하지만, 전화 너머에 있는 리오는 유마와 사귀고 있으며, 마이를 키리시마 토코라고 생각한다. 그런 리오에게, 대체 무엇부터 이야기하면 될까. 무슨 이야기를 하면 될까.

"아즈사가와?"

사쿠타가 아무 말도 하지 않자, 리오가 입을 열었다.

"저기, 후타바."

"그러니까 왜?"

"내가 아는 후타바는, 쿠니미와 사귀지 않아."

"……"

청춘 돼지는 걸 프렌드의 꿈을 꾸지 않는다
시리즈 14권 발매 기념 초판 한정 특전

[NOT FOR SALE]
©Hajime Kamoshida 2024
Illustration:Keji Mizoguchi
KADOKAWA CORPORTAION

"이게 어떤 사춘기 증후군이라고 생각해?"

고민 끝에, 사쿠타는 솔직하게 물어보기로 결심했다.

"아즈사가와는 아직도 사춘기 증후군 같은 소리를 하는 거야? 다음 주면 스무 살이 되잖아."

"그것도 그러네."

거실 벽에 걸린 달력의 4월 10일에는 빨간색으로 커다랗게 표시가 되어 있었다. 『오빠 생일!』이라고 카에데의 글씨체로 적혀 있었다.

"하지만, 진짜로 내가 아는 후타바는……."

그런데도 사쿠타가 계속 그 이야기를 이어가려 하자…….

"아즈사가와는 내가 쿠니미와 사귀는 걸 반대하는 거야?"

……하고, 리오는 진지한 목소리로 물었다.

"그야 물론 찬성 그 자체지."

"그럼 괜찮지만……."

그 말과 달리, 리오의 감정은 아직 납득하지 못한 것처럼 느껴졌다.

"두 사람이 사귀었으면 좋겠다고, 고등학생 때부터 생각했어."

그것이 사쿠타의 틀림없는 본심이다.

그저 그렇게 될 수 없는 상황이라는 것 또한, 당시부터 이해하고 있었을 뿐이다……. 유마에게는 다른 연인이 있었으니까, 그리고, 지금도 있으니까…….

"그래……."

이번에는 약간 납득한 듯한, 안도한 듯한 목소리가 들려왔다.

"저기, 후타바."

"왜?"

"지금, 행복해?"

"……."

한순간, 리오는 당황한 것처럼 작게 숨을 들이마셨다.

짧은 침묵이 이어졌다.

그 사이, 리오가 무엇을 했을지는 쉬이 상상할 수 있었다. 분명, 온천 여관의 한 방에 있는 유마에게 시선을 보냈을 것이다. 그 시선을 눈치챈 유마는 리오를 향해 그저 미소 지었을 게 틀림없다.

그 상상이 옳다는 것을…….

"물론, 행복해."

멋쩍은 기색이 어린 리오의 속삭임이 알려줬다.

더는, 이 상황이 잘못됐다고 말할 수 있는 분위기가 아니었다.

말해본들, 리오가 사쿠타의 말을 받아들일 것 같지도 않았다.

아마 이상한 말을 꺼낸 사쿠타를 걱정하기만 하리라…….

사쿠타가 바라는 미래가 오지 않으리라는 것을, 쉬이 상상할 수 있었다.

“아즈사가와? 할 말은 그게 다야?”

리오는 의아한 목소리로 물었다.

“더, 있어.”

“뭔데?”

“쿠니미와 행복해져.”

“응……. 쿠니미 바꿔줄까?”

“아니, 됐어. 방해해서 미안해.”

그렇게 말하며 전화를 끊었다.

“……”

수화기를 전화기에 내려놨다. 그 자세 그대로, 사쿠타는 꼼짝도 하지 못했다.

솔직히 말해, 전화를 하기 전보다 모르는 게 늘어나고 말았다. 문제가 늘어나고 말았다.

하지만, 리오의 말을 듣고 묘한 데자뷔를 느꼈다.

“그러고 보니, 전에 후타바가 말했어. 쿠니미와 데이트하는 꿈을 꿨다고…….”

사귀는 분위기의 꿈이라고 말했다.

그것은 작년 크리스마스를 발단으로 한 불가사의한 일이었다. 많은 젊은이가 같은 날에 「미래의 꿈을 꿨다」며 SNS에 글을 올리면서, 접속 장애도 발생한 바람에 소동이 일어났다. 그 일은 뉴스와 와이드쇼에서도 크게 다뤄졌고, 해가 바뀐 후에도 한동안 사람들의 주목과 관심을 끌었다.

그 후, 카에데도 『카에데』가 되는 꿈을 꿨다고 말했다.

사쿠타는 마이가 키리시마 토코라고 커밍아웃하는 꿈을 꿨다.

세 가지 꿈이 현실로 됐다.

"현실이 바뀐다는 게, 바로 이걸까……?"

"무슨 소리예요?"

세면장에서 돌아온 카에데가 사쿠타의 혼잣말에 답했다.

"글쎄, 무슨 소리일까?"

다른 가능성의 세계에서 받은 메시지를 믿는다면, 원인은 키리시마 토코에게 있는 것이 된다.

—키리시마 토코를 막아줘.

……하고 적혀 있었으니 말이다.

그 필요성에 관해, 어제까지는 판단을 내리지 못했다.

하지만 지금 이 시점에 생각해보니, 서둘러서 막아야만 한다는 느낌이 들었다.

건너편 세계의 사쿠타는 이 상황을 『현실이 바뀐다』고 표현했지만, 사쿠타는 그것을 능가하는 사태라 인식하게 됐다.

왜냐하면, 자신이 아는 현실이 이미 붕괴하기 시작한 것이다.

가슴속에서는, 불안이 맴돌았다.

마음이 뒤숭숭했다.

이 상황에서 빨리 빠져나가야 한다고, 사쿠타는 생각했다.

"오빠, 오늘은 점심때부터 패밀리 레스토랑에서 아르바이트하죠?"

"그랬으려나."

건성으로 대답했다.

"오전에 나스노를 목욕시켜요."

"그래……."

사쿠타는 이번에도 건성으로 대답하려다, 도중에 해야할 일이 머릿속을 스쳤다.

"아, 카에데, 미안한데, 아르바이트 가기 전에 할 일이 있어."

"알았어요. 나스노의 목욕은 카에데에게 맡겨주세요!"

발치에서 나스노가 「냐옹~」 하고 울었다.

자신의 두 눈으로 꼭 확인하고 싶은 일이 있다.

진짜로 『카에데(花楓)』와 『카에데』가 동시에 존재하는지, 이 눈으로 확인하고 싶었다.

2

이날, 사쿠타는 오전 아홉 시쯤에 집을 나섰다.

"다녀오세요, 오빠!"

이제부터 목욕할 나스노를 안아든 카에데가 힘찬 목소리로 배웅해줬다.

맨션 밖으로 나가자, 푸른 하늘이 사쿠타를 환영해줬다.

하늘에는 구름 한 점 없었다.

맑고 투명한 봄 하늘이다.

어제부터 먹구름이 끼어있던 사쿠타와의 가슴 속과는 정반대여서, 올려다보고 있는 푸른 하늘이 가짜처럼 느껴졌다.

그렇게 계속 올려다보니 현기증이 났기에, 사쿠타는 정신을 바짝 차리기 위해 시선을 내렸다.

그러자, 바로 그 타이밍에…….

"오빠분, 야호~!"

아침부터 활기찬 목소리가 들려왔다.

건너편 맨션을 쳐다보니, 아는 사람이 손을 흔들고 있었다.

아이돌 그룹 『스위트 불릿』의 리더이자, 반년 전까지 사쿠타와 같은 대학에 다녔던 히로카와 우즈키다.

손을 흔들면서 뛰어온 우즈키는…….

"잘 지냈어? 나는 잘 지냈어!"

봄 하늘에 뒤지지 않을 만큼 눈부신 미소를 지었다.

그 뒤편에는 노도카가 있었다.

"뭐, 나는 그럭저럭이려나."

"맞다! 오빠분, 우리는 드디어 확정됐어!"

"국기관 말이지? 카에데(花楓)한테 들었어."

"무도관이야~."

"하지만, 얼마 전까지는 아직 멀었다고 하지 않았어?"

반년 전에 우즈키 본인이 그렇게 말했다. 노도카도 그렇게 말했다.

"모두가 힘냈고, 모두가 응원해준 덕분이야. 오빠는 어때?"

"나도 즛키~가 무도관에 서는 날을 고대하고 있었어."

그것은 본심이다.

"예이~!"

사쿠타의 두 손을 들어 올린 우즈키가 억지로 하이 파이브를 했다.

"아무튼, 축하해."

"고마워~!"

고맙다고 말한 우즈키는 무대 위에서 팬에게 말을 걸 때처럼 텐션이 하늘을 찔렀다.

"토요하마, 축하해. 정말 잘됐네."

사쿠타는 뒤편에 있는 노도카에게도 그렇게 말했다.

"응, 뭐……."

하지만 노도카의 반응은 미적지근했다. 더 기뻐해도 될 텐데 말이다.

"뭐야. 불만이 있는 듯한 표정이네."

"노도카는 말이지~? 마이 씨의 발표와 겹쳐서, 화제성을 빼앗긴 바람에 토라진 것 같아."

우즈키가 사쿠타의 귓가에서 그렇게 속삭였다.

"아냐~!"

노도카는 그 작은 목소리가 들린 건지, 딱 잘라 부정했다.

"그럼, 어째서야?"

"함께 살면서도 눈치 못 채다니, 나는 참 둔감하다니깐."

"역시, 토요하마도 그렇구나."

"뭐가 말이야?"

"마이 씨가 키리시마 토코라고 생각하는구나."

"뭐? 어제, 언니가 무대 위에서 그렇다고 말했잖아."

"우리도 나중에 인터넷으로 봤어! 엄청난 라이브더라니깐!"

흥분한 우즈키가 몸을 쑥 내밀었다.

"하지만, 마이 씨는 쭉 자기가 아니라고 말했었잖아?"

"그런 계약을 맺은 것 아닐까? 사무소나, 레코드 회사와 말이야."

노도카는 고개를 휙 돌리면서 그렇게 대답했다.

"전에 내가 나온 CF 때도 그런 계약이었어. 얼굴 공개 버전이 나올 때까지는 말하면 안 됐댔다니깐."

"……뭐, 마이 씨도 그렇게 말했어."

그 이유 자체는 이해가 됐다. 연예계에서는 그런 일도 일어날 것이다.

하지만, 역시 납득은 되지 않았다. 게다가 노도카와 우즈키, 그리고 다른 이들이 순순히 받아들이는 것도 의아했다. 위화감이 사쿠타의 내면에 쌓여만 갔다. 시간이 지날수록, 그 불쾌함은 사쿠타의 안에서 점점 부풀어 올랐다.

"왜 그래? 사쿠타는 아니라고 생각하는 거야?"

사쿠타가 인상을 찡그리자, 노도카는 그렇게 물었다.

"그게, 나는 아직 믿기지 않거든."

"오빠분, 그게 무슨 소리야?"

우즈키의 얼굴에는 순수한 의문이 어려 있었다. 만화라면 머리 위에 『?』 마크가 떠올라 있을 듯한 표정이다.

"사쿠타는 어제 페스티벌에 갔지? 언니의 말을 직접 듣지 않았어?"

"듣긴 했지."

"뭐? 그럼 왜 그렇게 생각하는 건데?"

의문을 입에 담은 순간, 노도카는 의아한 표정을 지었다. 그것은 시간이 지나면서 불안과 걱정으로 변했다. 물론, 그런 감정은 전부 사쿠타를 향한 것이었다.

사쿠타와 노도카를 한동안 번갈아 쳐다보던 우즈키 또한, 어느새 걱정스러운 눈길로 그를 쳐다보았다. 얼굴에는 「괜찮아?」 하고 적혀 있었다.

"오빠분, 괜찮아?"

실제로 그 말을 하기도 했다.

적어도, 노도카와 우즈키의 눈에는 괜찮지 않아 보이는 것이리라.

사쿠타는 그런 두 사람이 멀게만 느껴졌다.

눈앞에 있는데, 멀게 느껴졌다.

손을 뻗으면 닿을 거리에 있지만…….

손을 뻗은 만큼, 거리가 멀어졌다.

거리를 좁히려고 말을 꺼낼 때마다, 두 사람은 사쿠타에게서 멀어져갔다.

그런 느낌에서 벗어나기 위해…….

"이러다간 타려던 전철을 놓치겠네."

사쿠타가 화제를 돌렸다.

"아, 우리도 리허설 시간에 늦겠어! 노도카, 서두르자!"

"로맨스카 열차를 놓치면 사쿠타 탓이야!"

세 사람은 서둘러 발걸음을 옮겼다.

좌우의 발을 번갈아 놀리면서, 평소보다 빠르게 걸었다.

한 걸음씩 역으로 향하면서, 사쿠타는 감각이 불안정한 것 같은 느낌을 받았다. 머리와 몸의 감각이 어긋나고 있는 게 느껴졌다. 평소 어떻게 걸었는지 생각이 나지 않았다. 의식하면 할수록 더 생각이 나지 않았다.

그래서 역에 도착할 때까지, 앞에서 걷고 있는 노도카와 우즈키의 등을 쳐다보면서, 사쿠타는 평소에 어떻게 걸었는지 쭉 생각했다. 여기가 진짜 현실이 맞는지 의심하면서…….

3

역까지 서두른 덕분에, 노도카와 우즈키는 신주쿠행 로맨스카 열차에 무사히 탄 것 같았다.

오다큐 선의 개찰구에서 두 사람을 배웅한 사쿠타는 계

단을 올라서 JR의 개찰구로 향했다. 교통카드를 대고 안으로 들어간 후, 플랫폼에 온 토카이도선을 탔다.

그로부터 약 20분 후, 사쿠타는 요코하마역에서 전철을 내렸다.

오전 열 시에 영업을 막 시작한 백화점에 들러서 푸딩을 샀다. 댄디한 남성의 실루엣이 프린트된 비커에 들어있는 푸딩이다.

그리고 절묘한 타이밍에 들어온 하치오지행 요코하마선 직통 전철을 탔다.

집에는 『카에데』가 있고, 부모님의 곁에는 『카에데(花楓)』가 있다.

그것을 두 눈으로 확인하기 위해, 사쿠타는 히가시 카나가와, 오구치, 키쿠나, 신요코하마 다음인 코즈쿠에역에서 내렸다.

역을 나선 후에는 대로를 따라 곧장 걸었다. 10분 정도 걸어간 후에 골목으로 들어가자, 부모님이 생활하는 맨션이 보이기 시작했다.

그 건물의 3층까지 올라간 후, 구석에 있는 집의 인터폰에 손가락을 댔다. 그리고 버튼을 눌렀다.

3초 정도 침묵이 이어진 후…….

"누구시죠?"

어머니의 목소리가 인터폰 너머에서 들려왔다.

“나야. 사쿠타.”

“어머, 무슨 일이니? 지금 열어줄게.”

노이즈가 들리면서 인터폰이 끊기더니, 문 너머에서 가벼운 발소리가 들렸다.

곧 문이 열리더니…….

“오빠, 열쇠 없어?”

……하고 말하면서, 카에데(花楓)가 얼굴을 내밀었다.

사투카가 익히 아는 카에데(花楓)다. 머리 모양도, 말투도, 사쿠타를 대하는 태도도…… 전부 카에데(花楓)가 틀림없었다.

“오빠?”

사쿠타가 아무 말도 하지 않자, 카에데(花楓)는 의아하다는 듯한 시선을 보냈다. 고개를 약간 갸웃거렸다.

“열쇠를 집에 두고 왔어.”

그렇게 말한 사쿠타는 문을 열고 집 안으로 들어갔다.

“이건 선물이야.”

현관에서 신발을 벗으면서, 푸딩 상자를 카에데(花楓)에게 건넸다.

“만세~. 엄마, 푸딩이야!”

카에데(花楓)는 기뻐하면서, 집 안에서 나온 어머니에게 푸딩 상자를 보여줬다.

“그럼, 오후 간식으로 먹으면 되겠네.”

“에이~, 지금 먹자.”

사쿠타는 그런 대화를 들으면서 집 안으로 들어갔다.

“사쿠타, 어쩐 일이냐.”

거실에 있던 아버지가 태블릿으로 신문을 보다 고개를 들었다.

“무슨 일 있는 거니?”

“대학이 개강하면 시간이 없을 거니까 봄방학 동안에 얼굴을 한 번 비춰야겠다고 생각했을 뿐이야.”

“그래.”

아버지는 이해한 건지 아닌지 알쏭달쏭한 대답을 하면서 다시 태블릿을 쳐다봤다.

“사쿠타, 점심은 먹고 갈 거지?”

“아~, 금방 가봐야 해. 할 일이 있거든.”

카에데에게 들은 이야기에 따르면, 오늘은 점심시간부터 패밀리 레스토랑에서 아르바이트를 하기로 되어 있는 것 같았다.

“뭐야~. 마이 양과 데이트니?”

어머니는 왠지 기쁜 듯한 목소리로 놀렸다.

“뭐, 그래.”

사쿠타는 어머니의 착각을 긍정하기로 했다. 『카에데(花楓)』가 존재하는지, 자기 눈으로 확인하러 왔을 뿐…… 이라고 사실대로 말할 수는 없다. 말해봤자 상대방은 이해하지 못할 것이다.

"아, 맞다. 오빠."

"응?"

"다음 주 아르바이트 말인데, 대신 해주면 안 돼?"

사쿠타의 마음을 알 리 없는 카에데는 평소와 다름없었다.

"스위트 불릿의 라이브라도 보러 가는 거야?"

"아빠, 엄마와 하코네의 온천에 가기로 했어."

카에데(花楓)의 시선은 테이블 위에 놓인 노트북 컴퓨터를 향하고 있었다. 화면에는 온천 여관의 홈페이지가 표시되어 있었다.

"나는 안 가도 돼?"

"오빠는 크리스마스에 마이 씨와 갔잖아."

"온천은 몇 번을 가도 좋잖아."

"아무튼, 아르바이트 대신 해줘."

"알았어."

딱히 특별한 대화를 나눈 것은 아니다. 오빠와 동생의 평범한 대화다. 사쿠타에게 있어서는 카에데(花楓)와의 평범한 대화일 뿐이다.

그렇기에, 사쿠타는 약간의 위화감을 느꼈다.

오늘 아침, 『카에데』와 이야기를 나눴다. 함께 아침을 먹고, 뒷정리를 한 후, 「다녀오세요」란 말을 들으며 배웅을 받았다.

　그렇기에, 이 상황을 접한 사쿠타의 상식이 경종을 울리고 있었다.

　두 사람이 동시에 존재할 리가 없는 것이다.

　그런데도, 양쪽 다 진짜처럼 보였다.

　이런 이상한 상황을 받아들이게 해줄 답을, 찾을 수가 없었다.

　카에데(花楓) 앞에서, 당혹감을 느끼지 않을 수가 없었다.

　"……오빠? 왜 계속 쳐다보는 거야?"

　사쿠타가 아무 말도 하지 않자, 카에데(花楓)는 의아한 표정을 지었다.

　"아무것도 아니야. 온천, 즐겁게 다녀와."

　"할말은 그게 다야?"

　"선물, 기대할게."

　지금의 사쿠타가 할 수 있는 말은 그게 전부였다.

4

　차 한 잔만 마시고 부모님의 집을 나선 사쿠타는 왔던 길을 따라 후지사와로 돌아왔다.

　아르바이트 시작 5분 전에 패밀리 레스토랑에 도착한 그는 서둘러 옷을 갈아입고 1분 전에 출근 타임카드를 찍었다.

　그리고 태연한 얼굴로 플로어에 나가서, 입장한 손님에게

「어서 오십시오」 하고 말했다. 자리로 안내하고, 주문을 받은 후 요리를 옮겼으며, 빈 접시를 치우고 계산을 한 후, 테이블을 정리했다. 그리고 새로 들어온 손님을 맞이했다.

그것을 반복하는 사이에 혼잡한 피크 타임이 지나서, 느긋한 티타임에 돌입했다.

주문이 주는 이 시간대에 드링크바 보충을 마쳤다.

"아즈사가와 군, 좀 쉬도록 해."

빈 종이 상자를 정리하고 있을 때, 점장이 그렇게 말했다.

"네."

접은 종이 상자를 뒤편에 쌓아둔 후, 사쿠타는 그 말에 따라 휴게실로 향했다.

아무도 없는 방에 들어가서, 접이식 의자에 앉았다. 테이블에 놓인 누군가의 선물용 과자를 향해 손을 뻗었을 때, 누군가가 휴게실 앞을 지나갔다.

"윽, 선배."

사쿠타의 얼굴을 보고 깜짝 놀란 반응을 보인 이는 코가 토모에였다.

들고 있던 커다란 짐을 허겁지겁 등 뒤로 숨기려 했다. 하지만 덩치가 작은 토모에의 등으로는 완전히 숨길 수 없었다. 납작한 가오리 같은 그 가방은 토모에의 양옆으로 가장자리가 쑥 튀어나왔다. 보아하니, 정장을 넣어서 옮길 때 쓰는 가방 같았다.

3월에 미네가하라 고등학교를 졸업하고, 올해 4월부터 대학생이 되는 토모에가 저런 것을 가지고 있을 이유는 하나뿐이다.

"입학식용 정장을 자랑하려고 가져왔구나?"

"아르바이트를 마칠 시간이면 가게가 문닫기 때문에, 미리 찾아온 거야!"

토모에는 사쿠타의 말을 부정하며 발끈했다.

"좋아. 입은 모습을 보여줘."

"선배가 애 같다고 놀릴 것 같으니까 싫어."

"어쩔 수 없지. 입학식 날 보기로 할까. 입학식, 언제야?"

"어? 왜 모르는 거야?"

사쿠타가 별생각 없이 그렇게 묻자, 토모에는 꽤 놀란 듯한 반응을 보이며 그렇게 되물었다.

그렇게까지 놀랄 이유는 없지 않을까.

"내가 왜 코가의 입학식 날을 당연한 듯이 알고 있어야 하는 건데?"

입학식 날이 언제인지 이야기를 나눈 기억은 없다.

"그야, 같은 대학인걸."

"뭐?"

토모에가 뜻밖의 발언을 하자, 사쿠타는 얼이 나갔다.

"그 반응은 또 뭐야?"

토모에는 사쿠타의 반응을 보고 표정이 어두워졌다.

"코가는 도쿄에 있는 여자 대학교에 들어가기로 했잖아?
지정 고교 추천으로 수험을 치렀고, 합격 선물로 와이어리
스 이어폰을 선물했으니까 기억하고 있다고."

"합격 선물을 받긴 했지만…… 지정 고교 추천은, 선배와
상의한 후에 관두기로 했잖아. 그리고, 선배와 같은 대학에
지원하기로……."

설명을 이어가는 토모에의 표정이 점점 어두워졌다.

그것은, 이야기를 듣고 있는 사쿠타의 표정이 점점 어두워
지는 탓이리라.

"선배, 진짜로 기억 안 나?"

토모에의 얼굴에 다시 의문이 어렸다. 아니, 그것은 의문
이 아니라 불신감에 가까운 감정이었다.

하지만, 그것은 사쿠타도 마찬가지였다. 토모에의 말을 받
아들일 수가 없었다. 사쿠타의 인식과 명백하게 달랐다.

"내가 아는 코가는, 봄부터 도쿄에 있는 여자 대학교에
다니기로 했어."

"……."

토모에는 이제 반론조차 하지 않았다. 그저 난처한 표정
만 짓고 있었다. 그녀의 눈동자에는 사쿠타를 걱정하는 듯
한 감정마저 어려 있었다. 사쿠타가 정상이 아니라고 여기고
있다.

"……."

“…….”

서로가, 다음으로 할 말을 찾지 못했다.

거북한 침묵이, 잡동사니가 놓인 휴게실을 가득 채웠다.

그 기묘한 긴장감을 부순 것은 사쿠타도, 토모에도 아니었다.

“안녕하세요.”

밝고 붙임성이 좋은 목소리가 들려왔다.

경쾌한 발걸음으로 휴게실에 들어온 이는, 봄 느낌 물씬 나는 색상의 블라우스와 짧은 치마를 입은 히메지 사라였다.

휴게실 안에 있는 사쿠타와 토모에를 보더니…….

“아, 선생님. 토모에 선배. 안녕하세요.”

……하고 미소를 지으며 인사를 건넸다.

“안녕.”

“히메지 양, 어서 와.”

사쿠타와 토모에가 이어서 인사를 건넸다. 하지만 두 사람의 목소리 톤은 명백하게 평소와 달랐다. 어색함이 다분히 묻어나고 있었다. 두 사람 다 아까까지 나눈 대화에 영향을 받고 있었다.

곧 뭔가를 눈치챈 사라는 사쿠타와 토모에를 번갈아 쳐다봤다.

“무슨 일 있어요?”

“아무 일 없어. 선배, 내 말 맞지?”

토모에는 얼버무리려는 듯이 그렇게 말했다.

어딘가 이상해 보이는 사쿠타를, 토모에는 나름대로 배려해 주려는 것이리라.

하지만, 사라가 그 말을 듣고 납득할 리가 없었다.

"그래요? 분위기가 이상하거든요?"

사라가 미심쩍은 눈길로 토모에의 얼굴을 들여다봤다.

"진짜로, 아무 일도 없어."

"흐음~. 뭐, 좋아요."

물고 늘어져봤자 소용없다고 생각한 건지, 사라는 의외로 순순히 물러났다. 그 이유는, 이어지는 사라의 말을 듣고 알 수 있었다.

"맞다. 사쿠타 선생님, 제 말 좀 들어보세요!"

갑자기 표정이 환해진 사라가 화제를 바꿨다. 한시라도 빨리 이야기하고 싶은 일이 있는 것 같았다.

"저, 어제 에노시마에서 좋은 걸 봤어요."

"좋은 것?"

"야마다와 요시와 양이 데이트하고 있더라니까요."

"……."

사라가 우쭐대며 보고했지만, 사쿠타는 반응을 보이지 않았다. 이제는 놀라지 않았다는 표현이 옳을 것이다. 왜냐하면, 그것도 전에 들은 적이 있는 이야기인 것이다.

현실의 이야기가 아니다.

꿈 이야기다.

올해 초에 학원에서 담당 학생인 야마다 켄토에게 들었다. 자신과 마찬가지로 사쿠타의 담당 학생인 요시다 쥬리와 에노시마에서 데이트를 하는 꿈을 봤다……고 하는 풋풋한 이야기였다. 그리고, 그 모습을 목격하는 꿈을 꿨다고 사라는 말했다.

"야마다의 꿈도, 히메지 양의 꿈도 현실이 된 건가……."

"꿈……? 무슨 소리예요?"

사쿠타의 혼잣말을 들은 사라가 고개를 갸웃거렸다.

"전에 말했잖아? 에노시마에서 친구와 놀러 가는 꿈을 꿨고, 그 꿈에서 야마다와 요시와 양의 데이트 현장을 목격했다고 말이야."

"……."

사쿠타의 설명을, 사라는 처음부터 끝까지 영문을 모르겠다는 표정으로 듣고 있었다. 이야기를 끝까지 들은 후에는 어리둥절한 표정을 지었다.

사라의 옆에서는 토모에가 걱정스러운 표정으로 사쿠타를 쳐다보고 있었다.

이 상황에서, 사쿠타는 마음이 갑갑해지는 것을 느꼈다.

보이지 않는 무언가가 외부에서 사쿠타의 몸을 옥죄고 있었다.

가슴 속이 답답했다.

마음이 너무나도 불편했다.

이 상황을 타개하기 위해, 사쿠타는 두 사람의 이해를 돕기 위해 입을 열었다.

"너희도 알지? 자면서 꾼 꿈이 현실이 됐다는 게 화제가 됐었잖아."

차분해지려고 했지만, 초조함이 목소리에서 묻어났다.

"토모에 선배는 알아요?"

"몰라."

사라가 그렇게 묻자, 토모에는 고개를 저었다.

"SNS에서 화제가 되고 있는 『#꿈꾸다』 말이야."

일부러 목소리에 힘을 줬다. 그 말을 들은 두 사람의 눈에도 힘이 들어가는 걸 알 수 있었다.

"토모에 선배는 알아요?"

"미안하지만, 몰라."

토모에는 난처한 표정으로 또 고개를 지었다.

"……."

두 사람의 반응을 본 사쿠타는 말문이 막혔다. 몸 깊숙한 곳이 순식간에 얼어붙었다. 자기 자신을 지탱하는 기둥에 금이 가는 느낌이 들었다. 금방이라도 무너져 내릴 것만 같았다.

"잠깐만! 『#꿈꾸다』도 모르는 거야?"

동요한 나머지, 몸을 앞으로 쑥 내밀었다. 자기도 모르게 목소리가 커졌다.

토모에와 사라는 서로의 얼굴을 쳐다봤다. 당혹감이 어린 두 사람의 눈은「어쩌면 좋지」하고 말하는 것 같았다.

"미안해, 선배. 진짜로 무슨 말을 하는 건지 모르겠어."

토모에가 대표하듯 그렇게 대답했다.

"지금, 스마트폰으로 검색해봐. 여러 SNS에서 쓰이고 있어."

다시 서로의 얼굴을 쳐다본 토모에와 사라는 각자의 스마트폰을 꺼냈다. 그리고 익숙한 손놀림으로 조작했다. 그리고, 잠시 후…….

"선생님, 역시 그런 해시태그는 없는데요?"

"여기에도 없어, 선배."

화면에서 눈을 뗀 두 사람은 증거를 보여주듯 사쿠타를 향해 스마트폰 화면을 내밀었다.

"그럴 리가…….."

두 사람의 검색 결과는 사쿠타의 예상과 달랐다. 비슷한 것이 있기는 했지만, 『#꿈꾸다』는 나오지 않았다.

"잠깐 빌릴게."

그렇게 말하면서 토모에의 스마트폰을 손에 쥐었다.

직접 『#꿈꾸다』를 검색했다.

하지만 역시 결과는 예상과 달랐다. 방금 토모에가 보여준 것과 똑같은 검색 결과만 표시될 뿐이었다…….

"……왜, 왜 나오지 않는 거야."

다시 한번 검색했다.

당연히 결과는 달라지지 않았다.

“선배, 괜찮아……?”

스마트폰에서 고개를 들어보니, 토모에가 불안한 눈길로 사쿠타를 쳐다보고 있었다. 사라도 비슷한 표정으로 사쿠타를 올려다보고 있었다.

그런 두 사람의 목소리가 멀게 느껴졌다.

눈앞에 있는데, 수십 미터는 떨어진 곳에 있는 것만 같았다.

머리가 어질어질했다.

“선배?”

시야가 지진이라도 난 것처럼 흔들렸다.

“선생님?”

바닥에 붙어있는 다리의 감각이 없었다.

“저기, 선배……?”

토모에와 사라의 모습이 기울어졌다.

“선생님?!”

테이블과 벽도 기울어지더니, 천장이 떨어지는 느낌을 받은 순간에는 사쿠타가 의자를 쓰러뜨리며 바닥에 그대로 쓰러졌다.

덜커덩하는 큰 소리가 울려 퍼졌다.

“꺄앗.”

사라가 비명을 질렀다.

"선배!"

토모에의 걱정 섞인 목소리가 울려 퍼졌다.

"정신 차려, 선배!"

엉덩방아를 찧은 사쿠타는 고개를 들었다.

사쿠타의 앞에서 몸을 숙인 토모에의 다급한 표정이 가장 먼저 눈에 들어왔다.

그제야, 자신이 쓰러졌다는 것을 눈치챘다.

"괜찮아. 문제 없어……."

멀쩡하다는 걸 증명해 보이려는 듯이 한 손을 들어보였다.

"문제가 있으니까 쓰러진 거잖아. 몸이 안 좋으면, 오늘은 이만 돌아가 봐."

"제가 점장님을 불러올게요."

사라는 허둥지둥 휴게실을 나섰다.

"선배, 오늘은 무조건 집에 돌아가."

토모에가 다짐을 받듯 그렇게 말했다.

그 순간, 사쿠타는 그러는 편이 좋을지도 모르겠다고 생각했다.

"미안해, 코가. 그래야겠어."

여기에 더 있다간, 머리가 이상해질 것만 같다……

"선배, 조심해서 돌아가."

"다른데 들르지 말고 꼭 집에 돌아가요."

사쿠타는 토모에와 사라의 배웅을 받으며 패밀리 레스토랑을 나섰지만, 그 후에도 발밑이 불안정한 느낌은 사라지지 않았다.

발이 지면에 닿아 있는 것 같지 않았다. 자기 발로 이 자리에 서 있는 느낌이 들지 않았다.

이제까지 몇 번이나 지나다닌 익숙한 역 앞의 대로가, 지금은 낯선 풍경처럼 보였다. 익숙한 거리인데, 사쿠타는 처음 와본 느낌에 사로잡혔다.

길을 오가는 사람들 사이에서, 자신만 고립되어 있다.

모르는 세상에 온 것만 같은 기분이었다.

머릿속을 스치는 건, 건너편 세계의 사쿠타에게 받은 메시지다.

—현실이 바뀌기 전에

—키리시마 토코를 막아줘.

사쿠타가 직면한 이 상황과 비교해보니, 그 말의 의미를 알 것 같았다.

"이런 이상한 상황이 벌어진다면 좀 알아듣기 쉽게 가르쳐달라고, 건너편의 나……."

마이는 자기가 키리시마 토코라고 말했고, 카에데가 나타났으며, 카에데(花楓) 또한 존재했다. 리오는 유마와 사귀고 있으며, 토모에는 사쿠타와 같은 대학에 입학하게 됐다.

영향을 받은 건 그뿐만이 아니었다.

오늘까지 사쿠타를 휘둘러댔던 『#꿈꾸다』까지 사라졌다. 사라지기를 바라기는 했지만, 모든 이의 인식에서 사라지기를 바란 건 아니다.

사쿠타가 아는 현실과는 많은 부분에서 달라졌다. 달라지고 말았다.

이런 이변을 일으킨 이가 키리시마 토코라면, 키리시마 토코를 막을 수밖에 없다. 이런 영문 모를 상황을 만들었으니, 불평 한두 마디는 해줘야 직성이 풀릴 것만 같았다.

하지만 키리시마 토코의 정체를 모른다. 사쿠타가 토코라고 여겼던 미니스커트 산타는 사실 다른 사람이었다. 이와미자와 네네는 키리시마 토코가 아니었다.

"후쿠야마의 여친이라면, 뭔가 알고 있을까……."

키리시마 토코로서 1년 가까이 살아온 네네 말고는 실마리가 없었다.

정신을 차리고 보니, 사쿠타는 달리고 있었다.

패밀리 레스토랑에서, 역으로 이어지는 번화가 길을…….

키리시마 토코를 찾기 위해서일까.

불안에서 도망치기 위해서일 뿐일까.

그것은 사쿠타도 알지 못했지만, 목적지만은 정해져 있었다.

역앞의 입체 보행로의 계단을 올라간 사쿠타의 발은, 자연스럽게 JR 후지사와역의 역사로 향했다.

유료 사물함과 매점이 있는 역사 한편에는 황록색의 공중전화가 설치되어 있었다. 수화기를 들고 동전을 넣은 사쿠타는 최근에 외운 번호를 눌렀다.

"여보세요."

곧 수화기에서 남자 목소리가 흘러나왔다. 대학에서 사귄 후쿠야마 타쿠미다.

그 순간, 사쿠타는 잘못된 번호를 눌렀다는 것을 눈치챘다.

"나야, 아즈사가와."

"아, 그렇지? 『공중전화』라고 떠서, 그럴 것 같았어. 그런데, 무슨 일이야?"

"미안해. 이와미자와 씨에게 전화를 걸 생각이었는데, 잘못 걸었어."

자각하고 있는 것보다 더 마음이 동요한 것 같았다. 사쿠타는 헛웃음조차 나오지 않았다.

"어? 그게 무슨 소리야. 괜찮아?"

"이와미자와 씨에게 다시 전화 걸게."

"아, 기다려. 네네라면 지금 같이 있으니까, 바꿔줄게."

전화 너머에서 타쿠미가 「네네」 하고 부르는 목소리가 들려왔다. 그리고 잠시 후…….

"왜? 무슨 일이야?"

언짢은 듯한 목소리가 수화기에서 흘러나왔다.

"키리시마 토코의 정체에 관해, 알고 있는 건 없나요?"

"뭐? 네 여친이잖아?"

돌아온 것은 어처구니없어하는 목소리였다.

"나는 광대였다니깐. 정말 짜증 나."

네네는 홀가분한 목소리로 사쿠타에게 불만을 늘어놨다.

하지만 사쿠타에게는 그 말에 어울려줄 여유가 없었다.

"사소한 거라도 괜찮아요. 아는 게 없나요?"

"그러니까, 네 여친에게 물어보면 될 거 아냐."

사쿠타가 애원하듯 그렇게 말했지만, 네네는 귀찮다는 투로 대꾸할 뿐이었다.

"전에 사춘기 증후군을 모두에게 선물했다고, 이와미자와 씨가 말했었죠?"

"그랬을지도 몰라."

"그게 어떤 의미였나요?"

"그게, 나는 키리시마 토코의 노래를 듣고 사춘기 증후군에 걸렸거든? 그런 맥락으로 한 말 아닐까?"

네네는 반쯤 남 일이라는 투로 말했다.

"그런 식으로, 자기 자신이 특별하다고 생각하고 싶었던 거겠지."

네네는 자학적인 웃음을 흘렸다.

“그럼, 이와미자와 씨는 그것 말고는 아는 게 없나요?”

“없어.”

“…….”

유일한 희망이 너무나도 간단히 무너졌다.

“일단 고맙다는 말은 해둘게. 네 덕분에 사춘기 증후군이 나았잖아. 고마워.”

“……아뇨.”

“타쿠미를 바꿔줄까?”

“아뇨, 괜찮아요.”

“그래? 그럼 끊을게.”

그대로 전화가 끊겼다.

뚜~ 뚜~ 하는 소리가 들려오자, 사쿠타는 수화기를 내려놨다. 그러면서, 손이 덜덜 떨리고 있다는 것을 눈치챘다.

누구와도 이야기가 맞물리지 않았다.

문제를 해결할 실마리도 없다.

입안이 바짝 말랐다.

호흡이 가늘어지면서, 제대로 숨을 쉴 수 없었다.

사람들의 웅성거림이 멀게 느껴졌다.

하지만, 심장 소리만은 묘할 만큼 크게 들렸다. 가슴 한가운데에서 아플 정도로 격렬하게 뛰고 있었다.

몸이 무언가를 두려워하고 있다.

그 정체를, 사쿠타는 기억한다.

전에도 이런 감각을 느낀 적이 있었다.

"아무도 알아주지 않아……. 그때와, 똑같네."

사쿠타가 중학교 3학년일 때의 일이다.

사춘기 증후군의 존재를 누구도 믿어주지 않아서, 외톨이가 됐다.

바로 이 순간, 누구와도 인식이 맞물리지 않는 사쿠타는 이 세상에서 외톨이가 됐다.

떨리는 손으로 수화기를 들었다.

"어제, 같이 있었던 아카기라면……."

마이가 자신이 키리시마 토코라고 말했을 때, 이쿠미는 놀랐었다. 믿기지 않는다는 반응을 보였다. 그 반응은 사쿠타와 일치했다.

열한 자리 번호를 차례차례 눌렀다.

하지만, 손가락이 떨리는 탓에 제대로 누를 수 없었다.

한번 잘못 누른 탓에, 처음부터 다시 누르느라 시간이 걸렸다.

어찌어찌 번호를 끝까지 눌렀다.

수화기를 쥔 손이 더욱 격렬하게 떨렸다. 수화기를 놓치지 않기 위해 꽉 쥔 바람에, 괜히 더 떨렸다.

다행인 것은, 전화가 금방 연결됐다는 점이다.

"아카기!"

수화기를 향해 강하게 이름을 불렀다.

그런 사쿠타의 귀에 들려온 것은…….

"지금 거신 번호는 없는 번호입니다. 다시 확인하시고 걸어주시기를 바랍니다."

……하고, 무미건조한 안내 음성이 들렸다.

번호를 잘못 눌렀다.

그렇게 생각한 사쿠타는 떨리는 손으로 다시 전화를 걸었다.

이번에도 금방 연결됐다. 하지만, 수화기에서 들려온 것은…….

"지금 거신 번호는 없는 번호입니다. 다시 확인하시고 걸어주시기를 바랍니다."

……하고, 무미건조한 안내 음성이 또 들렸다.

"……."

사고회로가, 완전히 정지되고 말았다.

아무 생각도 하지 않으며, 다시 한번 이쿠미의 번호로 전화를 걸었다.

하지만, 같은 안내 음성만 들려올 뿐이다.

번호는 잘못 누르지 않았다. 번호를 착각한 것도 아니다.

그런데, 전화가 걸리지 않았다. 없는 번호라고 한다.

무언가가 위장을 옥죄었다.

깊숙한 곳까지, 강하게, 계속 옥죄었다.

도저히 서있을 수도 없을 만큼 고통스러웠다.

전화기에 몸을 반쯤 기댔다.

이제는 기댈 상대가 없다.

전화기 위에 놓인 동전을 집어넣으려고 지갑을 꺼냈다.

바로 그때, 천 엔짜리 지폐 사이에서 튀어나와 있는 하얀 종잇조각이 눈에 들어왔다.

"……."

무언가에 인도되듯 손가락을 뻗어서, 그것을 천천히 꺼냈다.

거기에 사쿠타의 글씨체로 적혀있는 것은 열한 자리의 번호였다.

지갑의 주인인 사쿠타는 그것이 무슨 번호인지 당연히 알고 있었다.

2년쯤 전에 들었던 번호다.

상대방의 얼굴도, 이름도, 물론 기억한다.

하지만, 이제까지 전화를 건 적은 없다. 상대방도 사쿠타에게 전화를 걸어오지 않았다. 이 2년 동안, 편지로만 연락을 주고받았다.

남은 동전을 전부 공중전화에 집어넣었다.

익숙하지 않은 전화번호를, 하나하나 확인하면서 입력했다.

틀리지 않도록 신중하게 입력했다.

심호흡을 되풀이하면서…….

이윽고 열한 자리 숫자를 다 입력하자, 수화기에서 발신음이 들렸다.

처음 신호음 때는 연결되지 않았다.

“…….”

두 번째 신호음 때도 마찬가지였다.

“…….”

세 번째 신호음이 끝난 후, 전화가 연결됐다.

“여보세요.”

수화기에서 들려온 것은, 기억 손에 존재하는 그녀의 목소리였다.

“오래간만이야. 나야, 아즈사가와. 갑자기 연락해서 미안해.”

무슨 말을 할지 전혀 생각해 두지 않았던 사쿠타는 그저 머릿속에서 나온 말을 허겁지겁 입에 담았다.

그게 우스운 건지, 낮은 웃음소리가 들려왔다.

“역시, 저와 사쿠타 씨는 운명으로 이어져 있나 봐요.”

상대방은 장난기 섞인 미소를 지으면서 말을 이었다.

하지만, 사쿠타는 뭐가 운명인 건지 알 수 없었다.

“……운명?”

그래서, 솔직하게 물어봤다.

대답은 금방 들려왔다.

“뒤쪽이에요.”

그 목소리는 수화기에서 흘러나온 것이 아니다.

사쿠타의 등 뒤에서 직접 들려왔다.

“…….”

설마, 하고 생각한 사쿠타는 꼭두각시 인형 같은 어색한 움직임으로 뒤편을 돌아봤다.

입을 반쯤 벌린 사쿠타의 눈에 들어온 것은 한 명의 여자 고등학생이었다.

미네가하라 고등학교의 교복을 입었으며, 세 걸음 떨어진 곳에 서 있었다.

사쿠타와 시선이 마주치자, 기쁨을 감추지 못하겠다는 듯이 방긋 미소 지었다.

사쿠타는 그녀를 안다.

이제까지 머나먼 기억 속에 넣어뒀던 특별한 사람.

사쿠타가 가장 힘든 시기에, 시치리가하마 해변에서 만났던 여자 고등학생.

자신을 위로해 준 은인이자…… 첫사랑.

그런 그녀가, 그때와 똑같은 모습으로 사쿠타의 눈앞에 서 있었다.

무의식적으로 벌린 입으로, 그녀의 이름을 부르려 했다.

―쇼코 씨.

라고 말이다.

하지만, 그 소리는 입에서 나오지 않았다.

어찌어찌 쥐어짜낸 것은…….

"어째서……?"

……하고 말이 나왔다.

"고등학교는, 역시 미네가하라 고등학교에 다니고 싶었어요."

그녀는 기쁜 듯이 웃었다.

그 미소를 보고서야, 사쿠타는 눈앞의 현실을 이해했다.

"오늘은 학교에 다니기 전에, 제 몸에 대해…… 심장 수술을 받았다는 것을 선생님들에게 전하기 위해 온 거예요."

지금, 눈앞에서 가슴에 손을 대고 있는 이는, 시치리가하마 해변에서 만났던 그녀가 아니다.

오키나와로 이사를 간 소녀다.

중학교를 졸업하고, 올해 봄부터 드디어 고등학생이 되는 그녀라는 것을…… 이해했다.

"아, 어때요? 교복, 어울리나요?"

가볍게 포즈를 취하는 그녀를…….

"마키노하라 양!"

……하고, 사쿠타는 흥분을 억누르지 못한 목소리로 불렀다.

그러자, 쇼코는 약간 놀란 듯한 표정을 지었다.

하지만, 곧 가슴 속에서 샘솟은 기쁨을 활짝 꽃피우면서…….

"네, 사쿠타 씨!"

……하고, 힘차게 대답해 줬다.

"제가 왔으니 이제 괜찮아요."

"괜찮다고?"

"저와 함께, 키리시마 토코 씨를 만나러 가요."

제3장

나비는 날갯짓한다

1

다음날인 4월 3일. 월요일.

사쿠타는 렌터카의 핸들을 쥐고 시속 100킬로미터로 토메이 고속도로의 하행선을 달리고 있었다. 한 시간 전에 카나가와를 벗어나서 시즈오카에 들어섰고, 지금은 후지시를 지나고 있었다. 후지사와에서 출발한 후로 두 시간 가까이 지났다.

지겨움을 느끼지 않으며 이제까지 운전할 수 있었던 것은 후지산이 자아내는 아름다운 풍경, 그리고 조수석에 앉은 한 여자 고등학생 덕분이었다.

"나스노는 잘 지내나요?"

막대 과자를 먹으면서 그렇게 말한 이는 어제 재회한 쇼코였다. 그리고 사쿠타의 입가로 과자를 하나 내밀었다.

그것을 먹은 후…….

"잘 지내. 매일 아침, 내 얼굴을 밟아서 깨워준다니깐."

……하고 사쿠타가 대답했다.

"하야테는 어때?"

"잘 지내요. 몰라볼 정도로 컸다니까요. 나중에 사진 보여드릴게요."

즐거운 듯이 이야기하는 쇼코의 시선이, 파란색과 흰색으로 된 안내판을 향했다.

"아, 곧 마키노하라라네요."

안내판에 적힌『마키노하라』를 가리키며 우쭐대듯 웃었다.

"돌아가는 길에는 휴게소에 들러도 될까요? 아빠와 어머니에게 드릴 선물을 사고 싶거든요."

"그건 괜찮은데…… 우선, 그 전에 어디에 가는 건지 슬슬 가르쳐주지 않겠어?"

핸들을 쥔 사쿠타는 사실 목적지를 모른다. 쇼코가 가르쳐주지 않았다.

"그건, 도착할 때까지 비밀이에요."

목적지를 알고 있는 건, 입술에 막대 과자를 댄 쇼코뿐이다. 후지사와에서 출발한 후로, 쇼코가 쭉 내비게이션 역할을 맡았다. 그녀가 들고 있는 스마트폰이 카 내비게이션 대용이었다.

힐끔 쳐다본 스마트폰 화면에는 지도가 표시되어 있지만, 운전석에서는 정확한 장소까지 알 수는 없었다.

"그럼, 왜 교복을 입은 건지 물어봐도 돼?"

"이 모습이 사쿠타 씨에게 효과적이라고 생각했거든요."

쇼코는 미소를 지으면서 그렇게 말했다.

미네가하라 고등학교의 교복을 입은 쇼코는 보면 볼수록 첫사랑인『쇼코 씨』처럼 보였다.

"효과적이랄까, 좀 혼란스러워. 그때 연상이었던『쇼코 씨』가, 지금은 연하인『마키노하라 양』인 거잖아."

무심코, 쓴웃음을 흘렸다. 하지만, 입에 담은 말은 솔직한 본심이다.

옛날에는 연상이었던 여자 고등학생은 원래라면 자기보다 먼저 대학생과 사회인이 된다. 하지만 쇼코는 연하의 여자 고등학생으로서, 지금 사쿠타가 운전하는 차의 조수석에 앉아있는 것이다.

그 시절과 변함없는 미소를 머금으며, 핸들을 쥔 사쿠타를 상냥한 눈길로 쳐다보고 있었다.

"사쿠타 씨는 좀 어른이 됐네요."

"운전도 할 수 있게 됐거든."

"참고로 제가 교복을 입고 있는 건, 이게 고등학생의 정장이라서예요."

"나는 지금 드레스 코드를 지켜야 하는 장소에 끌려가고 있는 거구나. 어제, 옷을 잘 차려입고 오란 말을 듣긴 했지만 말이야."

사쿠타는 대학 입학식 때 입을 법한 정장을 입지는 않았지만, 티셔츠 위에 재킷을 걸쳤다. 캐주얼하지만, 꽤 그럴듯한 복장이었다.

"사쿠타 씨도 잘 어울려요."

"우리는 키리시마 토코를 만나러 가는 거지?"

"맞아요."

"선물도 가지고 말이야."

사쿠타는 백미러를 쳐다봤다. 뒷좌석에는 비둘기 사브레가 놓여 있었다. 쇼코가 준비한 것이며, 키리시마 토코에게 줄 선물이다.

"맞아요. 아, 다음 나들목에서 나가 주세요."

아무래도, 목적지에는 순조롭게 다가가고 있는 것 같았다.

고속도로에서 빠져나온 차는 국도를 타고 남쪽으로 향했다.

처음 10분 동안은 차나무밭 사이에 민가가 드문드문 존재하는 경치가 이어졌다. 평온하고 느긋한 풍경이다.

20분 정도 더 달리자, 공장 같아 보이는 커다란 건물이 보이기 시작했다.

차 음료로 유명한 메이커의 공장을 지나고 5분 정도 더 나아갔다. 그러자 눈앞의 경치가 밭에서 마을로 바뀌었다.

"다음 갈림길에서 왼쪽으로 꺾어 주세요."

쇼코는 스마트폰의 지도를 확인하면서 지시를 내렸다.

"오케이."

시키는 대로 왼쪽으로 꺾었다.

그러자 쇼코는 시트에서 등을 떼더니, 운전석 쪽의 창문을 신경 썼다. 곧 찾던 곳을 발견한 건지…….

"저 꽃가게 앞에 세워주세요."

……하고 말하면서, 꽃가게의 간판을 손가락으로 가리켰다.

맞은편과 뒤편에 차가 없는 것을 확인한 후, 꽃가게의 주차장에 차를 세웠다.

주차 브레이크를 건 후, 엔진을 껐다.

"금방 볼일을 보고 올 테니까, 사쿠타 씨는 차에서 기다려 주세요."

쇼코는 대답을 듣지도 않으며 문을 열고 차에서 내렸다.

"실례합니다."

뒤를 돌아보니 그렇게 말하면서 가게 안으로 들어가는 뒷모습이 보였다. 점원과 대화를 나누고 있었다. 하지만 곧 차로 돌아왔다.

"기다리게 해서 미안해요."

다시 조수석에 탄 쇼코는 꽃다발을 들고 있었다.

꽃가게에 들렀으니, 딱히 부자연스러운 일은 아니다.

하지만, 그 꽃의 종류가 신경 쓰였다.

"오렌지색이 금잔화, 흰색에 길쭉한 게 스토크, 연보라색이 스위트피, 노란색이 프리지아라네요."

쇼코는 변함없는 어조로 물어보지도 않은 것을 가르쳐줬다. 하나하나는 화사하고 아름다운 꽃이다. 하지만 그것들을 한 다발로 모으자, 어떤 목적의 꽃다발인지를 꽃들이 똑똑히 알려줬다.

아마 많은 일본인은 같은 인상을 받으리라.

조화(弔花) 같다고…….

사쿠타의 시선은 자연스럽게 꽃에서 안전띠를 매는 쇼코

의 얼굴로 향했다.

"여기서 오른쪽으로 나가 주세요."

쇼코는 정면을 보면서 목적지를 알려줬다.

"알았어."

일부러 물어보지 않은 사쿠타는 시동을 걸면서 차를 몰았다.

50미터가량 아무 말 없이 이동한 후…….

"곧 목적지에 도착하니까, 거기서 전부 이야기할게요."

쇼코가 조용한 목소리로 그렇게 중얼거렸다.

"그럼, 거기서 이야기를 들을게."

앞에서 달리는 차와의 거리를 신경 쓰면서, 사쿠타는 액셀을 밟는 발에 살짝 힘을 줬다.

"여기예요."

약 5분 후…… 도착했다는 말을 듣고 사쿠타가 차를 세운 곳은, 역사가 느껴지는 오래된 절의 주차장이었다.

2

이중으로 된 멋진 문을 통과하며, 쇼코와 함께 경내에 발을 들였다. 지금은 다른 사람이 없었으며, 경내는 조용하고 엄숙한 공기로 가득 차 있었다.

우선 쇼코와 둘이서 본당에 가서 참배했다.

“이쪽인 것 같네요.”

참배을 마치자 그렇게 말하며 걸음을 뗀 쇼코의 뒤를 따르면서, 부지 안쪽으로 걸음을 옮겼다.

두 사람이 나아가는 방향에는 묘지가 있었다.

그 앞의 물긷는 곳에서 통에 물을 담았다. 사쿠타는 물통을 든 후, 또 쇼코의 뒤를 따랐다. 질서정연하게 놓인 묘비 사이에서는 사쿠타와 쇼코의 발소리…… 그리고 통 안에서 찰랑거리는 물소리만이 울려 퍼졌다.

앞장을 선 쇼코의 등에서, 희미한 긴장이 느껴졌다.

사쿠타도 불안한 마음을 진정시키려는 듯이, 무의식적으로 심호흡을 했다.

이윽고, 쇼코는 한 묘비 앞에서 멈춰 섰다.

“……”

말없이 무언가를 확인한 후…….

“여기 같네요.”

……하고, 작은 목소리로 중얼거렸다.

“그 말은, 마키노하라 양도 처음 와보는 거구나.”

“네.”

사쿠타의 눈앞에 있는 묘비에는 『선조대대지묘(先祖代代之墓)』라고만 적혀 있었으며, 거기에 누가 잠들어 있는지는 알 수 없었다.

하지만, 상상은 할 수 있었다.

오늘 무엇을 위해 여기에 왔는지, 사쿠타는 알고 있다. 쇼코에게서 「키리시마 토코 씨를 만나러 가요」라는 말을 듣고, 이 장소에 왔다.

그것이 답이다.

그렇기에, 아무 말도 하지 않으며 묘비 앞에서 합장했다. 쇼코와 마찬가지로…….

그리고 말없이 주위의 마른 풀을 줍고, 묘비를 물로 씻은 후, 꽃을 바쳤다. 수발(水鉢)에 물을 붓고, 쇼코가 가방에서 꺼낸 향에 불을 붙인 후, 각각 반씩 향로에 눕혀서 뒀다.

그리고 다시 눈을 감은 후, 합장을 했다.

“…….”

“…….”

사쿠타가 고개를 들었지만, 쇼코는 계속 합장을 풀지 않았다. 정적이 감도는 그 얼굴에서는, 한마디로 표현할 수 없는 감정이 감돌았다.

그 중심에 존재하는 것은 감사의 마음.

하지만, 단순한 감사가 아니다.

그것이 아플 정도로 느껴지는, 긴 침묵이었다.

천천히 고개를 든 쇼코는 사쿠타의 시선을 눈치챘다. 처음에는 허탈한 듯한 미소를 지었다. 하지만 곧 진지한 표정을 짓더니, 쇼코의 시선은 묘비 옆에 놓인 묘지(墓誌)를 향했다.

사쿠타의 눈길도, 같은 곳을 향했다.

묘지란 이름의 저 돌에는, 이 묘에 잠들어 있는 가족의 이름이 새겨진다. 오른쪽에서 왼쪽으로 갈수록, 최근에 숨을 거둔 이들이 새겨져 있다.

그리고 가장 왼편…… 가장 최근에 새겨진 이름이, 눈에 들어왔다.

향년 16세.

기일은 4년 전, 12월 24일.

생전의 이름은……『키리시마 토코』였다.

"4년 전, 크리스마스 이브였다고 해요."

쇼코는 조용히 이야기했다.

"친구를 만나러 가는 도중에, 차에 치여서……."

"……."

"바로 구급차로 병원에 옮겨졌지만, 의식은 돌아오지 않았고……."

"……."

"그녀의 짐 안에서, 장기 제공 의사 표시 카드가 나왔죠."

그 후의 일은, 듣지 않아도 짐작이 됐다.

그렇기에, 사쿠타는 쇼코가 말을 잇기를 끝까지 기다렸다.

묘지에 새겨진『키리시마 토코』란 이름을 응시하며……

"저에게 심장을 제공해준 분이 바로, 키리시마 토코 씨였어요."

이곳에 도착한 시점에, 예상했던 말이다.

"······."

하지만 쇼코에게서 직접 그 말을 듣자, 말문이 막혔다. 마음이 어떻게 받아들이면 좋을지 망설였다. 당황스러워했다.

오늘은 키리시마 토코를 만나러 왔고, 그녀가 이 세상 사람이 아니라는 것을 알았다. 그녀가 사쿠타와 마이를 대신해, 쇼코를 구원해줬다는 사실 또한 알았다.

쭉 전혀 모르는 사람이라고 여겼던 키리시마 토코가, 실은 사쿠타의 인생에 크게 관여하고 있었다. 마이와도, 그리고 쇼코와도 얽혀 있었다.

갑작스럽게 접한 사실 탓에, 마음은 당혹감에 사로잡혔다.

"예전에 제가 사쿠타 씨에게 이야기했죠?"

"······."

눈빛만으로, 무슨 이야기인지 쇼코에게 물었다.

"제가 경험한 그 어떤 미래에도, 『키리시마 토코』란 아티스트는 존재하지 않았다고요."

분명 들었다.

"마키노하라 양이 오키나와로 이사 가기 전이었어."

쇼코는 말없이 고개를 끄덕였다.

"그것은, 제가 사쿠타 씨 혹은 마이 씨의 심장을 이식받은 미래만 경험했기 때문이라고 지금은 생각해요."

사쿠타를 향한 쇼코의 눈은, 무언가를 이야기하고 있었

다. 그『무언가』를, 사쿠타가 모를 리 없었다.

"즉, 우리가 미래를 바꿨기 때문에 동영상 사이트에『키리시마 토코』가 탄생했다……?"

"그렇게 본다면, 앞뒤가 맞지 않을까요?"

"하지만, 그녀는 이미 세상을 떠났어. 4년 전, 크리스마스 이브에 말이야."

묘지에 적혀 있는 숫자는 거짓이 아니다.

"『키리시마 토코』가 유행하기 시작한 건, 2년 전쯤이었지? 이상하지 않아? 유령일 리도 없잖아."

"그래서 오늘, 사쿠타 씨와 함께 여기에 온 거예요. 저에게 미래를 준 키리시마 토코 씨가, 어떤 사람인지 알기 위해서요."

쇼코는 진지한 눈빛으로 사쿠타를 쳐다봤다.

눈동자에 깃든 감정은 감사만이 아니었다. 미안함도 뒤섞여 있었다. 온화한 미소와 씁쓸한 감정이 뒤섞이면서, 울면서 웃고 있는 듯한 표정을 지었다.

"분명, 사쿠타 씨도 같은 마음이라고 생각해요."

"하는 말까지『쇼코 씨』와 비슷해졌네."

사쿠타가 그런 감상을 말하자, 쇼코는 웃었다.

하지만 곧 표정에서 미소가 사라졌다. 사쿠타의 뒤편…… 묘지 입구 쪽을 쳐다봤다.

사쿠타가 발소리를 눈치채고 뒤돌아보니, 물통에 꽃을 꽂은 여성이 걸어오고 있었다. 나이는 40대 중반 정도로 보였다.

여성은 사쿠타와 쇼코를 보더니, 살짝 고개를 숙였다. 사쿠타와 쇼코와 마주 고개를 숙였다.

"마키노하라 쇼코 양, 맞지?"

여성은 머뭇머뭇 쇼코에게 말을 건넸다.

"네. 제가 마키노하라 쇼코예요."

"멀리서 토코를 만나러 와줘서 고마워. 나는 토코의 엄마란다."

그 여성은 쇼코를 향해 깊이 고개를 숙였다.

"저야말로, 편지에 답장을 해주셔서…… 감사해요."

쇼코 또한 마찬가지로 고개를 깊이 숙였다.

그런 쇼코의 입에서 나온 「감사해요」란 말에는 너무나도 많고, 너무나도 큰 의미가 담겨 있었다.

그렇기에, 사쿠타에게는 저 대화에 끼어들 여지가 없었다. 그럴 필요도 없었다. 쇼코와 토코의 어머니 사이에 감도는 것은 희미한 긴장감이다. 서로를 어려워하고 있었다. 얼마나 거리를 둬야할 지 가늠하고 있었다. 하지만 그런 것을 다 합치더라도, 두 사람을 둘러싼 분위기는 온화했다.

서로를 배려하는 상냥함이 존재했다.

3

"아름다운 꽃, 고맙구나. 토코도 분명 기뻐하고 있을 거야."

토코의 어머니와 함께 성묘를 마친 후, 「여기서 서서 이야기하는 것도 좀 그렇다」는 어머니의 말에 따라, 사쿠타와 쇼코는 토코의 집으로 향했다.

토코의 어머니가 운전하는 경차를 따라가는 렌터카 안에서, 쇼코는 오늘까지의 자초지종을 사쿠타에게 이야기해 줬다.

"심장 수술을 받은 후, 장기 이식을 지원하는 단체를 통해서 기증자분의 가족께 매달 편지를 보냈어요. 무사히 중학교 2학년이 됐습니다. 바다에 놀러 갈 수 있었어요. 키가 컸어요. 그런 근황을 적어서요……."

"하지만, 그때는 기증자의 이름까지는 몰랐을 거잖아."

"네, 가족분이 편지를 받아줬는지도 알 수 없었어요. 부모님의 심정을 생각하면……."

"그런데도 매달 계속 보내는 건 마키노하라 양다워."

진심으로 그렇게 생각한다.

"지난달에 고등학교 수험을 마치고 『가고 싶었던 고등학교에 다니게 됐어요』라고 편지에 써서 보냈어요. 『심장 이식 수술을 받지 않았다면 될 수 없었을 고등학생이, 저는 됐어요』라고도 적어서요."

평온한 어조로 이야기하는 쇼코의 목소리에는 상냥함이

가득 담겨 있었다. 감사의 마음이 담겨 있었다. 듣고 있는 사쿠타조차 마음이 따뜻해지면서, 눈시울이 뜨거워지는 것을 느꼈다. 코가 시큰거렸다.

"그 편지에, 답장이 온 거구나?"

"어머님에게서 편지가 왔어요. 이제까지 제가 보낸 편지도 전부 읽으셨대요……. 그리고 제 기증자가 되어준 사람이 당시에 고등학교 1학년이었던 여자애, 키리시마 토코 씨였다는 걸 알았어요."

그 후의 일은 듣지 않아도 짐작이 됐다. 편지의 답장을 받은 것을 계기로 토코의 어머니와 연락을 주고받게 됐으며, 오늘이라는 날을 맞이한 것이다.

앞에서 달리는 경차가 국도에서 옆길로 빠졌다. 사쿠타도 방향지시등을 켠 후, 토코의 어머니가 운전하는 차를 따라갔다.

그로부터 5분도 채 지나기 전에, 차는 어엿한 안채와 헛간이 있는 수택에 도착했다.

차에서 내리자, 차 향기가 느껴졌다.

"와아, 차 향기가 느껴져요."

쇼코는 자신의 느낌을 입에 담았다.

"편지에도 썼지만, 우리 집은 차 농가란다."

토코의 어머니가 그렇게 말하더니, 쇼코와 사쿠타를 안채로 안내했다.

"사양 말고, 안으로 들어오렴."

"실례하겠습니다."

"실례하겠습니다."

쇼코의 뒤를 이어, 사쿠타도 넓은 현관을 통해 집 안으로 들어갔다.

나무판자로 된 정감 있는 복도를 걸으며 향한 곳은 입구 옆에 있는 5평 정도 되는 객실이었다. 한편에는 어엿한 족자가 걸려 있으며, 창문을 통해서는 헛간과 이 집 앞의 넓은 공간이 한눈에 들어왔다. 차량 네다섯 대 정도는 충분히 댈 수 있을 것 같았다.

방구석에는 불단이 있었다.

"저기, 받아주세요."

쇼코는 가지고 온 비둘기 사브레를 어머니에게 내밀었다.

"신경써줘서 고맙구나. 토코도 좋아했으니까, 분명 기뻐할 거야. 지금 차를 내올 테니까 잠시만 기다려주렴."

"토코 씨에게 인사를 해도 될까요?"

"응, 물론이란다."

어머니가 방에서 나가기를 기다린 후, 사쿠타는 쇼코와 함께 불단 앞에 무릎을 꿇고 앉았다. 양초에 불을 붙인 후, 향로에 향을 올렸다. 쇼코가 종을 치자, 사쿠타는 눈을 감으며 합장을 했다.

묘비 앞에서보다 오랫동안 합장을 했다.

쇼코를 구원해준 것에 대한 감사의 마음이, 그리하게 했다.

찻주전자와 포트를 놓인 쟁반을 들고 어머니가 돌아오더니, 우선 비둘기 사브레를 불단에 바쳤다.

그 후, 사쿠타와 쇼코를 위해 차를 끓였다.

"토코를 만나러 멀리서 와줘서 정말 고마워."

어머니는 그렇게 말하면서 몇 번이나 고개를 숙였다.

"아뇨, 저도 토코 씨를 만나고 싶었어요. 정말 감사해요."

쇼코 또한 토코의 어머니를 향해 몇 번이나 고개를 숙였다.

"편지 답장도 좀처럼 못 보냈단다."

어머니는 미안하다는 듯이 테이블을 향해 시선을 돌렸다.

"그래도, 답장을 주셔서 정말 기뻤어요. 쭉, 폐를 끼치는 걸지도 모른다고 생각했거든요."

"솔직히 마음을 정리하기 어려웠단다……. 지금도 여러 가지 생각이 들긴 하지만…… 그 애가, 쇼코 양처럼 착한 아이의 곁에 가서 다행이라고 생각해."

어머니의 눈에서 눈물이 흘러내렸다.

"아, 미안해."

토코의 어머니는 고개를 돌리더니, 눈가를 훔쳤다.

사쿠타는 그 모습을 그저 쳐다보고 있을 수밖에 없었다. 지금, 할 수 있는 말은 단 하나도 없었다. 그것은 쇼코도 마찬가지였기에, 두 사람은 시간이 흐르기만 조용히 기다렸다.

“쇼코 양에게는 아무 잘못 없어. 정말 미안해. 아, 식기 전에 차를 들렴.”

눈가에 눈물이 맺힌 어머니가 미소를 지으며 차를 권했다.

“잘 마실게요.”

우선 쇼코가 한 모금 마셨다.

“정말 맛있어요.”

“그러니? 다행이야.”

어머니는 빙긋 웃더니, 또 눈물을 닦았다.

사쿠타도 한 모금 마셨다. 부드러운 향기와 희미한 쓴맛, 그리고 그 안에 존재하는 희미한 단맛이 느껴졌다.

“토코 양은 이 차를 매일 마셨나요?”

사쿠타는 이 방에 들어오고 처음으로 입을 뗐다.

“그 아이는 차를 그다지 좋아하지 않았단다.”

어머니는 농담 투로 말했다.

“『차 마실래?』 하고 물으면, 자주 『됐어』 하고 말했다니깐. 그래서 애 아버지와 자주 다퉜어.『어머니가 널 생각해서 차를 끓였는데, 됐다는 게 무슨 소리냐』 하면서 말이지. 아, 오늘 그이는…… 미안해. 모처럼 쇼코 양이 와줬는데, 밭을 보고 오겠다면서 나갔지 뭐니.”

그 심정을 이해한다고 말할 수는 없었다. 하지만, 자기 딸의 심장을 이식받은 쇼코 앞에서 어떤 표정을 지으면 좋을지 모르리라는 건, 왠지 상상됐다. 아까 어머니가 말한 것처럼, 쇼코는 잘못이 없다. 하지만 쇼코를 만난다면, 세상을 떠난 토코를…… 딸을 떠올릴 수밖에 없을 것이다. 그러면 자신들이 상처 입을 것이며, 쇼코에게 상처를 줄지도 모른다. 그래서 만나지 않는 편이 낫다고 생각한 것이 아닐까.

"왠지, 나 혼자만 주책맞게 떠들고 있는 것 같네."

"아뇨, 괜찮아요."

쇼코는 천천히 고개를 저었다.

"저는, 토코 씨를 알고 싶어서 찾아온 거예요. 더 이야기해 주세요."

"그럼, 방을 보고 가렴. 그 애가 있던 시절 그대로란다."

그렇게 말한 어머니는 기쁨과 슬픔이 섞인 표정을 지었다.

"언젠가는 정리해야 한다고 생각하지만 말이지."

변명하듯 그렇게 말한 어머니는 자리에서 일어났다.

사쿠타와 쇼코도 어머니의 뒤를 따랐다.

복도에 나간 후, 계단을 올라갔다.

2층 가장 안쪽 방이 토코의 방이었다.

"자, 들어가 보렴."

어머니가 그렇게 말하자, 사쿠타도 쇼코를 뒤를 따르면서 방 안에 들어갔다.

네 평 정도 될까. 약간 넓은 듯한 느낌이 들었다.

침대와 책상 말고는 눈에 띄는 가구가 없었으며, 실내는 전체적으로 심플했다.

“아.”

그 책상 위에 있는 조그마한 책장을 본 쇼코가 뭔가를 눈치챘다.

쇼코가 손을 뻗어서 꺼낸 것은, 영화의 블루레이였다.

재킷에는 사쿠타가 익히 아는 인물이 실려 있었다.

마이다.

중학생 시절의 사쿠라지마 마이.

그 영화는 사쿠타도 아는 대히트작.

마이가 연기한 것은 심장병에 걸린 소녀.

“토코는 그 영화를 보고 그녀의 팬이 된 것 같아. 패션 잡지 같은 것도 잔뜩 샀다니깐.”

어머니가 책상 아래의 커다란 서랍을 열자, 마이가 표지를 장식한 잡지가 몇 권이나 나왔다. 깨끗한 보존 상태를 보니, 토코가 이 책을 얼마나 소중히 여겼는지 알 수 있었다. 일부러 서랍에 넣어놨을 정도로 말이다.

“그리고, 음악을 좋아했단다.”

서랍을 닫은 어머니의 눈길은 거울에 기대어 세워놓은 어쿠스틱 기타를 향했다. 실내가 심플한 만큼, 사쿠타와 쇼코도 당연히 그 기타에 눈길이 갔다.

“직접 곡을 쓰기도 했던 것 같단다. 컴퓨터로 말이야.”

“이 방에는 컴퓨터가 없는데요.”

쇼코의 말대로, 실내에는 컴퓨터가 없었다. 책상 양쪽 구석에 스피커만 놓여 있었다. 책상 한가운데는 텅텅 비어 있었다.

"토코와 사이가 좋았던 친구가 부탁해서, 그 아이에게 맡겨뒀단다."

어머니의 말을 들은 쇼코는 사쿠타에게 의도적인 시선을 보냈다.

"참, 사진도 있으니 보고 가렴."

친구에 관해 묻기 전에, 어머니가 먼저 그렇게 말했다. 교과서와 사전이 줄지어 꽂혀 있는 책상의 책장에서, 앨범 한 권을 꺼냈다.

그것을 사쿠타와 쇼코에게 보여주려는 듯이, 책상 위에 펼쳐놨다.

첫 페이지에는 어릴 적의 사진이 실려 있었다. 유치원 입학식 날일까. 귀여운 유치원복을 입은 활발해 보이는 여자애가 어머니와 손을 잡은 모습이 사진에 담겨 있었다.

옆 페이지에도 유치원 시절의 사진이 있었으며, 같은 유치원복을 입은 여자애와 토코가 실린 사진이었다. 어린 토코는 종이를 접어서 만든 무언가를 카메라에 보여주려는 것처럼 내밀고 있었다. 옆에 있는 여자애는 손바닥 위에 놓인 종이학을 지그시 응시하고 있었다.

"이 애가 아까 말한 그 친구란다. 유치원에서 친해진 후로 초등학교도, 중학교도, 고등학교도 같았어."

페이지를 넘기자, 어머니의 말대로 초등학교 입학식 사진이 나왔다. 책가방을 멘 토코와, 아까 그 친구 여자애가 교문 앞에 나란히 서 있었다.

그 후에도, 페이지를 넘길 때마다 토코와 친구의 사진이 나왔다.

초등학교 소풍 때일까. 수족관에 간 두 사람의 사진이 있었다.

수학여행 때 찍은 사진도 있고, 웃으면서 찍은 졸업식 사진도 있었다.

중학교 입학식 때도 두 사람은 함께 사진을 찍었으며, 문화제에서는 귀신 분장을 하고 있었다. 체육제에서는 같이 페이스 페인팅을 했다.

어느 페이지에도, 토코와 그 친구가 함께 찍은 사진이 있었다.

그 사진 한 장 한 장을 볼 때마다, 페이지를 넘길 때마다……두 사람의 성장을 볼 때마다, 사쿠타의 내면에서는 경악이라는 감정이 부풀어 올랐다.

토코보다도, 친구가 더 신경 쓰였다. 그쪽에 시선을 빼앗겼다.

누군가와 닮았다는 생각이 들었으니까…….

기분 탓이라고 생각했다.

그럴 리가 없다고, 몇 번이나 머릿속으로 부정했다.

하지만 서서히 어른이 되어가는 두 사람의 모습을 보는 사이, 사쿠타는 부정하는 것을 포기했다.

역시, 토코의 친구는 『그녀』를 닮았다.

"……."

페이지를 넘기는 손이 떨렸다.

입안이 바짝 말랐다.

중학교 졸업식 사진을 본 순간, 반쯤 확신했다.

토코와 같이 찍힌 친구의 이름을, 사쿠타는 안다.

"말도 안 돼……."

그래서 참다못한 나머지, 사쿠타는 경악과 전율이 뒤섞인 목소리를 무의식적으로 토했다. 자기 얼굴에서 핏기가 가시는 것이 느껴졌다.

"사쿠타 씨?"

그걸 의아하게 여긴 쇼코가 걱정스러운 표정으로 사쿠타의 얼굴을 들여다봤다.

"나, 아마 저 애와 만나본 적이 있을 거야."

토코의 옆에 앉아있는 여자애.

"네?"

사쿠타가 갑자기 충격적인 사실을 말하자, 쇼코는 그렇게 말하며 놀랐다. 이 우연은, 다양한 미래를 본 쇼코도 예측하지 못했으리라.

사쿠타도 도저히 믿기지 않았다.

그렇기에, 틀림없다고 생각하면서도 『아마』란 말을 입에 담았다. 그 『아마』를 100퍼센트의 확신으로 바꾸기 위해, 사쿠타는 앨범의 페이지를 또 넘겼다.

그러자, 고등학생이 된 토코와 그 친구의 사진이 나왔다.

촬영한 곳은 아마 이 집 앞이리라.

새 교복을 입은 토코는 카메라를 향해 환한 미소를 지으며 피스 사인을 날렸다. 친구는 못 말리겠다는 표정을 지으며, 그런 토코에게 어울려주고 있었다.

사쿠타는 그 표정이 눈에 익었다.

하프업 스타일의 머리 모양도 눈에 익었다.

왼쪽 눈 아래의 눈물점도 눈에 익었다.

사쿠타가 아는 그녀보다 얼굴이 약간 앳됐다.

하지만, 고등학생으로 성장한 모습을 보고, 확신을 가졌다.

"미토……."

입에서 흘러나온 것은, 대학교에서 사귄 친구 후보의 이름이었다.

"어? 미오리를 아니?"

토코의 어머니가 사쿠타의 목소리를 듣고 놀란 듯한 반응을 보였다.

"지금, 미토와 같은 대학에 다니고 있어요."

어머니보다 더 놀란 사쿠타는, 겨우겨우 그렇게 대답했다.

그 후에 이어진 어머니의 질문에 뭐라고 대답하긴 했지만,

사쿠타는 완전히 무의식 상태였다. 무자각 상태였다. 경악으로 머릿속이 꽉 차 있었다.

『키리시마 토코』의 정체가, 너무나도 뜻밖의 인물이었으니까…….

가까운 인물이었으니까…….

미토 미오리였으니까…….

4

결국 오후 세 시가 넘었는데도 토코의 아버지는 밭에서 돌아오지 않았고, 돌아갈 시간을 생각해서 세 시 반에는 토코의 집에서 나서기로 했다.

"미안하구나. 그이는 정말……."

어머니는 미안해하는 표정으로 그렇게 말했다.

"괜찮아요. 폐가 안 된다면, 또 토코 씨를 만나러 올게요."

쇼코는 부드러운 미소를 지으며 그렇게 답했다.

"응, 그래주렴. 그리고 괜찮다면 이걸 받아주겠니?"

또 눈물을 글썽인 어머니가 쇼코에게 내민 것은 조그마한 종이봉투였다. 안에는 선물용 찻잎이 가득 들어 있었다.

"감사해요."

"그리고……."

어머니는 쇼코에게 뭔가를 하나 더 내밀었다.

공책 한 권이었다.

"이게 뭔가요……?"

"토코와…… 아까 이야기했던 미오리의 교환 일기란다. 토코에 대해 더 알아줬으면 해서……."

"받아도 될까요……?"

쇼코의 망설임은, 옆에 있는 사쿠타 또한 피부를 통해 느낄 수 있었다.

그것은, 교환 일기가 토코의 마음이 가득 담긴 소중한 것이란 사실을 알기 때문이다. 어머니에게 있어서도 소중한 물건이라는 사실을 알기 때문이다.

"물론이란다. 폐가 안 된다면 받아주렴."

"소중히 읽어볼게요. 그리고 꼭 돌려드리겠어요."

찻잎이 든 종이봉투를 사쿠타에게 맡긴 쇼코는 어머니가 내민 교환 일기를 건네받았다. 가벼운 공책 한 권이지만, 그것은 너무나도 묵직했다.

"그럼, 이만 가볼게요."

고개를 숙이며 인사를 건넨 후, 사쿠타와 쇼코는 차에 탔다.

차 밖에서 손을 흔드는 토코의 어머니에게, 쇼코는 정중히 인사를 건넸다. 작별 인사를 나누는 시간을 충분히 가진 후, 사쿠타는 차를 출발시켰다.

좌우를 살핀 후, 천천히 집 앞의 도로로 나갔다.

서서히 법정 속도까지 차의 속도를 올렸다.

앞에도, 뒤에도, 다른 차는 없었다.

전세라도 낸 것 같은 길을, 차는 말 없이 한동안 달렸다.

그 사이, 조수석의 쇼코는 토코의 어머니에게 받은 교환 일기의 표지를 지그시 응시했다.

『토코』와『미오리』.

손으로 쓴 두 사람의 이름이 적혀 있었다.

일기를 펼쳐서 내용을 보지는 않았다. 자신이 내용을 봐도 될지, 교환 일기를 건네받은 지금도 쇼코는 고민하는 것이리라.

이윽고, 차는 국도로 들어섰다. 일단 목적지는 고속도로 입구다.

달리면 달릴수록 민가가 줄어들었고, 그만큼 차나무밭이 늘어났다.

"어머니는 마키노하라 양을 믿고 그걸 맡겼다고 생각해. 그러니, 봐도 되지 않을까?"

"맞아요."

말로는 긍정하면서도, 쇼코는 일기를 펼치지 않았다. 오히려 책이 구겨지지 않도록 조심조심 가방에 집어넣었다.

"집에 돌아가서, 천천히 읽어볼게요."

"그편이 좋을 거야."

쇼코에게는, 자신에게 미래를 준 은인의 말이다. 소중히 간직하는 편이 좋으리라.

“어머니는, 상냥해 보이는 분이었어.”

도로를 주시하며, 사쿠타는 화제를 바꿨다.

“네, 맞아요.”

토코의 이야기를 하면서 몇 번이나 눈물지은 것이 인상적이었다. 그래도 사쿠타와 쇼코의 앞이기에, 필사적으로 밝게 행동하려 했다.

그 모습을 봤기에, 조수석에 앉은 쇼코는 마음이 복잡할 것이다.

“…….”

별말 없이 얌전히 앉아 있는 것이다.

“마키노하라 양은 아무 잘못 없어.”

“……그렇지도 않을 거예요.”

쇼코는 난처한 미소를 지으며 사쿠타를 쳐다봤다. 사쿠타는 그 시선을 눈치채지 못한 척하면서, 운전을 이어갔다.

“사쿠타 씨는 나비 한 마리의 날갯짓이 머나먼 곳에 소용돌이를 일으킬지도 모른다는 이야기를 아나요?”

쇼코는 차분한 목소리로 그런 말을 입에 담았다.

“나비효과 말이지? 전에 후타바한테 들은 적이 있어.”

“처음에는 조그마한 변화지만, 돌고 돌아서 커다란 변화가 될지도 몰라요…….”

조수석 창문을 향해 고개를 돌린 쇼코는 조용한 목소리로 말을 이었다. 창문에는 생각에 잠긴 쇼코의 얼굴이 비쳤다.

"하지만 라플라스의 악마가 아니고서야 결과에서 거슬러 올라가 최초의 원인을 찾아낼 수는 없어. 즉, 무엇이 원인인지는 아무도 모르는 거야…… 라고, 후타바가 말했어."

사쿠타의 주위에는 소악마가 있기는 하지만, 공교롭게도 토모에는 미래의 계산이 전문이다.

"그러니까, 마키노하라 양은 아무 잘못 없어."

한 번 더 그렇게 말한 사쿠타는 고속도로를 달렸다.

하지만 쇼코는 아무 말도 하지 않았다.

합류 차로에서 차의 속도를 올려서, 시속 100킬로미터의 흐름에 합류했다.

"사쿠타 씨는, 괜찮아요?"

"괜찮냐니?"

"아까 이야기했던 미토 미오리 씨 말이에요."

"너무 뜻밖이라 깜짝 놀라기는 했어."

그것이 사쿠타의 한점의 거짓도 섞이지 않은 본심이다.

"하지만, 이것으로 미토가 『키리시마 토코』인 건 틀림없겠지?"

"그럴 거예요."

사쿠타가 확인삼아 묻자, 쇼코는 깊에 고개를 끄덕였다.

"전에, 노래방은 좋아하지 않는다고 했는데 말이야."

그것은 미오리와 처음 만났을 때의 일이다. 친목회의 2차 장소가 노래방이라는 말을 듣고, 둘이서 먼저 빠져나왔었다.

"그래서, 좋아하지 않는 것 아닐까요?"

"뭐, 미토다운 핑계기는 하지만 말이야."

노래를 불렀다간, 정체를 들킬지도 모른다.

그래서 노래에 자신 있으면서 좋아하지 않는다고 말하며 둘러댔다.

"현실을 바꾼 이가 『키리시마 토코』라고 한다면…… 이 상황은, 미토 때문에 벌어진 거겠지."

다른 가능성의 세계에서 온 메시지를 믿는다면, 그렇게 된다. 하지만, 미오리의 탓이라고 해도, 실감이 나지 않았다.

"미오리 씨는, 대체 뭘 하고 싶은 걸까요?"

방금 쇼코가 한 말이 사쿠타가 실감이 나지 않는 이유다.

미오리가 원하는 게 뭔지, 알 수가 없었다.

"친구의 이름으로 노래하는 것은, 이해될 것도 같은데 말이야."

"토코 씨의 존재를 잊지 않기 위해서. 이름만이라도 계속 살아있어 주길 바라니까."

쇼코의 말을 들은 사쿠타가 고개를 살짝 끄덕였다.

"하지만, 지금은 마이 씨가 『키리시마 토코』로 여겨지는 데다 마이 씨까지 자기가 『키리시마 토코』라고 말했어."

"생전의 토코 씨가 마이 씨의 팬이었으니까, 그런 식으로 현실을 바꾼 게 아닐까요?"

"그럴지도 모르지만……."

석연치 않은 감정에 휩싸인 사쿠타는 말끝을 흐렸다.

"납득이 안 된다는 표정이네요."

"미토한테서, 강한 의지나 신념…… 그런 감정을 느낀 적이 없거든."

그래서, 미오리가 현실을 바꿨다는 말을 들어도 실감이 나지 않았다.

"미오리 씨는 어떤 사람인가요?"

"종잡을 수 없고, 아슬아슬하게 손이 닿지 않는 곳에 있는 것 같달까……."

"신기루 같은 사람이군요."

"그럴지도 몰라."

쇼코의 표현이 절묘하다고 생각한 사쿠타는 무심코 웃음을 터뜨렸다.

"하지만, 방금 그 말을 듣고 눈치챈 게 있어요."

"그게 뭔데?"

"미토 미오리 씨는 사쿠타 씨가 좋아하는 타입이란 거예요."

쇼코는 의기양양한 어조로 그렇게 말했다.

"나는 그런 말을 한 적 없고, 내가 좋아하는 타입은 마이 씨야."

"그리고, 저도 포함되죠?"

쇼코가 심술궂은 웃음을 흘리자, 사쿠타는 쓴웃음을 머금더니…….

"그러고 보니, 휴게소에 들르자고 했지?"

……하고 말하면서 차를 왼쪽으로 꺾었다.

우선 『마키노하라 서비스 에어리어』라는 간판과 셀카를 찍는 쇼코에게 어울려준 후, 안에서 선물을 물색했다. 차가 유명한 곳이라 그런지, 차와 관련된 상품이 즐비하게 있어서 고민됐다.

쇼코는 롤케이크를 샀고, 사쿠타는 집에서 기다리고 있을 카에데를 위해 푸딩을 샀다.

그 후, 간식을 먹고 출발하자는 쇼코의 말에 따라 아이스크림을 사서 밖으로 나갔다. 쇼코는 말차와 밀크 믹스를, 사쿠타는 엽차 맛을 샀다.

신기하게도 휴게소 안에는 개를 위한 놀이터가 있었고, 해가 기울기 시작한 하늘 아래에서 개 몇 마리가 즐겁게 뛰어다니고 있었다.

사쿠타는 그 모습을 보면서 어떤 생각을 입에 담았다.

"우리 때처럼, 되돌릴 수는 없는 거지?"

설령 되돌려서 토코를 구원하더라도…… 그랬다간 쇼코가 어떻게 될지 알 수 없다. 쇼코가 구원받지 못하는 미래가 찾아올 가능성도 당연히 있다.

"지금이 『현재』인 만큼, 그건 무리일 거예요."

"그렇겠지."

쇼코의 말이 옳다.

사쿠타가 되돌릴 수 있었던 것은, 그것이 『미래』여서다. 『미래』에서 『현재』로 돌아갈 수는 있었다. 하지만, 『현재』에서 『과거』로 갈 수는 없다. 그것이 어렵다고 일전에 리오에게 들었다.

"그렇다면, 나는 빈손으로 미토를 만나러 갈 수밖에 없구나."

아이스크림을 입으로 가져갔다. 차의 향긋한 풍미가, 한 입 먹을 때마다 입안 가득 퍼져 나갔다.

"사쿠타 씨도, 교환 일기를 읽어볼래요?"

잠시 생각해봤지만…….

"……아니."

……하고, 사쿠타는 말하며 고개를 저었다.

"보면 뭔가 알 수 있을지도 모르는데요?"

쇼코는 약간 걱정하는 투로 그렇게 물었다.

"괜찮아."

사쿠타는 바로 대답했다. 무엇이 괜찮은지는, 자기도 알지 못했다. 그래도, 미오리를 어떻게 대할지는 불가사의하게도 이미 답이 나와 있었다.

"미토와는, 슬슬 『친구』가 되고 싶었거든."

"저때문에 토코 씨가 죽었는데도, 말이에요?"

"나때문에 키리시마 토코가 죽었더라도, 나는 미토와 친구가 되고 싶어."

말을 마친 사쿠타는 남은 아이스크림의 콘을 입안에 집어 넣었다.

사쿠타와 쇼코가 휴게소를 나선 것은 서쪽 하늘은 붉은 색으로 물들기 시작한 오후 네 시 반쯤이었다.

차는 순조롭게 토메이 고속도로를 시속 100킬로미터로 달렸고, 약 두 시간 후인 여섯 시 반에 후지사와에 도착했다.

렌터카를 반납하기 전에 쇼코와 선물만 먼저 내려주자고 생각한 사쿠타는 자신이 사는 맨션 앞에 차를 세웠다.

바로 그때, 맞은편 맨션 앞에 세워진 하얀색 미니밴이 눈에 들어왔다. 눈에 익은 차였다. 마이의 매니저인 하나와 료코가 항상 모는 차다.

"마이 씨도 지금 돌아왔나 보네."

음악 페스티벌이 끝난 후, 대기실로 쓰이던 버스 안에서 헤어지고 만나지 못했다.

사쿠타가 차에서 내리자, 미니밴의 뒷좌석 문이 미끄러지면서 열리더니 마이도 가벼운 발걸음으로 차에서 내렸다. 차 안에서 사쿠타를 본 건지, 딱히 놀라지 않으며 사쿠타에게 다가왔다. 눈가에는 언짢은 기색이 어려 있는 것 같았다. 그 이유는 곧 눈치챘다.

"왜, 나보다 먼저 쇼코 양을 조수석에 태운 거야?"

마이는 불평을 하면서 사쿠타의 양 볼을 꼬집더니, 옆으로 확 잡아당겼다.

"사쿠타 씨는 아무 잘못 없어요. 제가 오늘 차를 태워달라고 부탁한 거예요."

사쿠타가 변명을 하기도 전에, 쇼코가 당당히 끼어들었다.

마이의 시선이 자연스럽게 쇼코를 향했다.

"……."

"……."

두 사람이 시선이 마주치자, 침묵이 찾아왔다. 묘한 긴장감이 감돌았다.

하지만, 그것은 잠시에 지나지 않았다.

"쇼코 양, 어서 와."

"네, 다녀왔어요."

두 사람을 둘러싼 공기가 확 가벼워졌다.

"미네가하라 고등학교의 교복, 잘 어울리네."

"저도 마음에 들어요. 사쿠타 씨를 순식간에 함락시킨 교복이니까요."

"하는 말은 완전히 쇼코 씨구나."

성장한 쇼코를 본 마이는 그녀답지 않게 난처한 미소를 머금었다.

그런 마이의 뒤편에서, 목소리가 들려왔다.

"마이 씨. 짐을 옮겨둘게요."

매니저인 료코다. 차에서 내린 여행용 가방을 건물 안으로 옮기려 했다.

"아, 제가 할게요. 료코 씨도 오늘은 이만 돌아가서 푹 쉬세요."

맞은편 맨션 쪽으로 두세 걸음 걸어간 마이는 도중에 사쿠타와 쇼코를 돌아보더니…….

"쇼코 양, 다음에 또 봐."

우선 쇼코에게 먼저 말을 건넸다.

"네."

"사쿠타는 쇼코 양을 집까지 잘 바래다주고 와."

"그럴 생각이긴 한데, 마이 씨는 이 일로 화낼 거죠?"

"그야 당연히 화내지."

미소 지으면서 그렇게 말한 마이는 료코한테서 여행용 가방을 넘겨받더니, 사쿠타와 쇼코를 향해 손을 작게 흔들면서 건물 안으로 들어갔다. 그 뒷모습은 곧 시야에서 사라졌다.

그 모습을 본 후, 운전석에 탄 료코는 사쿠타를 향해 고개를 살짝 숙인 후에 차를 출발시켰다. 그리고 교차로에서 왼쪽으로 회전한 차는 곧 시야에서 사라졌다.

남겨진 이는 사쿠타와 쇼코 뿐이다.

"사쿠타 씨, 사랑받고 있네요."

"그래."

"마이 씨는 평소와 전혀 다르지 않았어요."

"자기가 키리시마 토코라고 말하는 점만 빼면, 평소와 똑같긴 해.”

“그래서, 사쿠타 씨는 괜히 더 당혹스러운 거군요.”

“마이 씨지만, 마이 씨가 아닌 느낌이 들거든.”

“그리고 마이 씨가 아니지만, 마이 씨인 느낌도 드는 거네요.”

쇼코는 정확하게 사쿠타의 심정을 짚었다.

“결국은 미토 미오리 씨가 어떻게 나오느냐에 달려있다고 봐야 할 거예요.”

그 또한 쇼코의 말대로다.

그래서, 사쿠타는 심플하게…….

“그래.”

……하고, 대답했다.

5

4월 6일. 목요일.

날씨는 맑음.

이날, 카나자와 핫케이역에서 걸어서 3분 거리에 있는 대학의 캠퍼스는 신입생을 맞이하면서 풋풋한 분위기에 휩싸여 있었다.

어제 입학식을 마친 1학년이 은행나무로 된 가로수길에서 부활동 권유를 받고 있었다.

“그러고 보니, 작년에도 이랬어.”

시끌벅적한 가로수길을 곁눈질하면서, 사쿠타는 건물 안으로 들어갔다.

2학년 첫날인 오늘은 통계과학부의 오리엔테이션만 한다.

3층의 강의실에 들어가려던 순간, 뒤편에서 사쿠타를 쫓아온 발소리의 주인이…….

"오빠분, 좋은 아침~!"

……하고, 힘차게 인사를 건네왔다.

이 목소리와 텐션의 주인이 누구인지는 짐작할 수 있었다.

그렇기에, 사쿠타는 의아해하면서 뒤를 돌아보았다.

"오늘도 힘찬 하루 보내!"

눈부신 미소를 지으며 사쿠타의 뒤편에 서 있는 이는 역시 우즈키였다.

"왜, 즛키~가 여기 있는 거야?"

"오리엔테이션이라서야!"

"대학은 한발 먼저 졸업했잖아? 스위트 불릿 활동과 솔로 활동의 이도류에 전념하기 위해서 말이야."

"스위트 불릿, 솔로, 대학의 삼도류로 가겠다고 오빠분한 테 말했었잖아?"

사쿠타의 기억에 존재하지 않는 이야기다.

우즈키는 작년 가을에 대학을 관뒀다.

이유는 아까 사쿠타가 말한 대로다.

"다들, 좋은 아침~!"

사쿠타가 당혹스러워하는 가운데, 우즈키는 그녀답게 주위 학생에게 말을 건네면서 앞쪽에 모여있는 여자 집단에 합류했다. 아무도 우즈키가 이 자리에 있다는 사실에 의문을 품지 않았다. 자연스럽게 받아들이고 있었다.

얼이 나간 채 멍하니 서 있던 사쿠타는 어쩔 수 없이 강의실 안으로 들어갔다.

그러자, 사쿠타를 발견한 타쿠미가 말을 건넸다.

"어이, 후쿠야마."

일단 사쿠타는 타쿠미의 옆에 앉았다.

"응?"

"히로카와 양을 어떻게 생각해?"

사쿠타의 시선은 강의실 앞쪽, 우즈키를 포함한 여자 그룹을 향했다.

"그야 귀엽다고 생각하지."

돌아온 것은 경박한 대답이었다.

우즈키가 대학에 있다는 것에, 타쿠미도 의문을 느끼지 않았다. 다른 학생과 마찬가지로, 우즈키가 이곳에 있다는 사실을 받아들이고 있었다.

여기서도 현실이 바뀌었다. 사쿠타가 아는 세계와는 달랐다.

"어이, 후쿠야마."

"이번에는 또 뭔데?"

"여친이 있으면서, 다른 여자한테 귀엽다는 소리를 하면 안 되지 않으려나.”

“네네한테 비밀로 해줄 거지?”

“오늘 점심을 사준다면 생각해 보겠어.”

타쿠미와 그런 바보 같은 대화를 나누면서도, 사쿠타는 다른 학생들의 시선을 느꼈다. 흥미에 찬 의도적으로 흥미에 찬 눈길을 사쿠타에게 보내고 있었다. 이유는 말할 것도 없다. 4월 1일의 음악 페스티벌에서 일어난 일이 원인이다.

“그러고 보니, 아즈사가와는 알고 있었던 거야?”

“몰랐어.”

“어? 뭘?”

“마이 씨가 실은 키리시마 쇼코라는 이야기 말이잖아?”

“너, 사람 마음을 읽을 수 있어?”

“일시적으로 그럴 때도 있었지.”

“뭐? 진짜로 무섭거든?”

타쿠미가 몸을 움츠리더니, 양손으로 가슴을 감싸는 듯한 시늉을 했다. 타쿠미는 마음이 가슴에 있다고 여기는 것 같았다.

“농담이야.”

“그렇지?”

타쿠미는 평소와 다름없는 태도로 웃음을 터뜨렸다.

그런 이야기를 나누고 있을 때, 백발의 교수가 강의실에 들어왔다.

이야기 소리가 사라지더니, 서있던 학생도 자리에 앉았다.

딱히 덕담 같은 것은 하지 않고, 통계과학부의 오리엔테이션은 담담히 시작됐다. 교수가 설명한 것은 2학년 학기의 방향성과 마음가짐이다.

"이제부터는 전문 분야의 강의도 늘어나니, 1학년 때 기초 과목에서 낙제를 받은 자는 꼭 올해 안에 만회하도록."

"아즈사가와, 낙제 받은 과목 있어?"

타쿠미가 작은 목소리로 물었다.

"내가 후쿠야마도 아니고, 낙제를 받을 리 없잖아."

"나도 안 받았거든?"

통계과학부의 오리엔테이션은 90분의 강의 시간을 대폭 단축해서 30분 만에 끝났다. 덕분에 사쿠타는 오전 열한 시에 자유의 몸이 됐다.

다른 학생도 속속 교실에서 나가고 있었다. 그러면서 친구끼리 어떤 강의를 들을 건지 상의하는 목소리가 들려왔다.

지금부터 약 열흘 동안, 1학기에 들을 수업을 직접 정해야만 한다. 고등학교 때까지와는 다르게, 시간표를 직접 짜야만 하는 것이다. 실라버스라고 하는, 어느 나라 말인지도 모르는 수업 요강을 정리한 자료와 눈싸움을 하면서……

1학년 1학기와 2학기에 이미 경험했지만, 이건 의외로 힘든 일이었다. 하지만 현재 사쿠타는 시간표에 관한 생각을 전혀 하고 있지 않았다.

이제부터, 할 일이 있기 때문이다.

"아즈사가와, 이제 뭐 할 거야?"

"후쿠야마는 그렇게 염원하던 여친과의 캠퍼스 데이트를 즐길 거지?"

"아하, 아즈사가와도 약속이 있나 보네."

사쿠타의 대답을 들은 타쿠미가 알겠다는 표정을 짓더니, 알겠다는 듯이 그렇게 말했다. 그건 착각이지만, 지적할 마음은 들지 않았다.

"그럼 나 먼저 가볼게."

타쿠미는 가방을 들더니, 먼저 교실을 나섰다.

"좋아."

이어서 사쿠타도 자리에서 일어나더니, 기합을 넣은 후에 가방을 멨다.

교실을 나선 사쿠타는 이 건물에 있는 다른 강의실을 슬쩍 둘러봤다. 어느 학부도 오리엔테이션이 얼추 끝났으며, 어느 강의실에나 미적대며 남아있는 학생만이 몇 명 있었다. 그 안에, 미오리는 없었다.

계단을 통해 2층으로 내려간 사쿠타는 미오리가 아니라 다른 아는 사람과 마주쳤다.

"아, 선배."

놀란 얼굴로 사쿠타를 쳐다본 이는 바로 토모에였다.

게다가 토모에의 옆에는 아는 인물이 한 명 더 있었다. 토모에의 친구인 요네야마 나나였다.

"요네야마 양도 같은 대학이었구나."

"뭐? 선배, 또 그런 소리 하는 거야? 나나도 같이 합격했다고 내가 말해줬잖아."

"듣고 보니 그랬던 것도 같네."

기억에 없는 이야기지만, 일단 적당히 말을 맞춰줬다.

"아, 맞다. 선배, 이 학교 학생 식당의 추천 메뉴 좀 알려줘. 지금부터 나나와 가볼 거야."

"역시 요코이치동 아니려나."

"그럼, 오늘은 그걸 먹을까?"

"응."

토모에가 나나에게 묻자, 나나는 그렇게 말하며 살며시 고개를 끄덕였다.

"봄에는 식당이 붐비니까 서두르는 편이 좋을 거야."

"그렇구나. 나나, 서두르자."

"아. 기다려, 토모에."

나나는 사쿠타를 향해 고개를 꾸벅 숙인 후, 계단을 내려가는 토모에를 쫓아갔다.

그 기척이 완전히 사라졌을 때…….

"코가가 진짜로 이 대학에 들어왔구나."

……하고 사쿠타는 중얼거렸다.

사쿠타의 기억에 따르면, 토모에는 도쿄의 여자 대학교에 지정 고교 추천으로 합격했는데…… 『사쿠타의 인식』과 『눈앞의 현실』은 차이가 있다.

"이것도, 미토 탓이겠지……."

"뭐가 제 탓이라는 거예요~?"

그 목소리는 갑자기 등 뒤에서 들려왔다.

사쿠타는 무심코 흠칫했다.

그리고 천천히 돌아봤다.

그러자, 사쿠타가 익히 아는 인물이 눈에 들어왔다.

"미토, 잠시 이야기 좀 나누지 않겠어?"

"잠시면 돼?"

"그럼, 왕창으로 바꾸겠어."

"사랑 고백만 아니라면 들어줄 수도 있어."

바로 그때, 꼬르륵~ 하는 소리가 들려왔다. 미오리의 배에서 흘러나온 소리였다.

"배도 고프니까, 점심 먹으면서 이야기할까."

"식당은 붐빌 테니까, 먹을 걸 사서 안뜰에서 먹자."

미오리는 전혀 동요하지 않으며, 태연히 걸음을 내디뎠다.

이 학교의 안뜰에는 먼저 온 손님이 몇 명 있기는 했지만, 테이블을 사이에 두고 벤치 의자가 나란히 놓인 자리가 마침 비어 있었다. 편의점에서 사 온 샌드위치와 페트병 차를 테이블 위에 둔 사쿠타는 미오리와 마주 보며 앉았다.

샌드위치의 포장을 뜯고, 우선 배를 채웠다. 미오리도 입을 크게 벌리면서, 행복한 듯이 샌드위치를 먹었다.

봄의 햇살이 안뜰에 스며들고 있었다.

다리가 설치된 인공 연못의 바위 위에는 적당한 크기로 자란 거북이가 기분 좋은 듯이 드러누워서 등껍질을 말리고 있었다.

점심시간이 평온히 흐르고 있었다.

"저기, 미토."

"왜~?"

"주말에 차 빌려서 어디 같이 안 갈래?"

사쿠타의 제안을 들은 미오리는 우선 말없이 눈을 두 번 깜빡였다. 그 후, 음흉한 미소를 머금더니…….

"보통 그런 건 여친에게 할 말 아니려나요?"

……하고, 딱 잘라 말했다.

"마이 씨는 키리시마 토코도 해야 해서 바빠."

"다들, 그 이야기만 하더라니깐."

미오리가 옆에 있는 벤치를 쳐다봤다. 4인조 여자애가 테이블 한가운데에 놓인 스마트폰의 화면을 쳐다보고 있었다. 희미하게 들려오는 것은 키리시마 토코의 노래다. 웃음소리가 섞인 그녀들의 대화에는 「키리시마 토코」와 「사쿠라지마 마이」가 반씩 섞여 있었다.

"연인이 무리라면, 같은 날 면허를 딴 친구에게 이런 소리를 하는 게 보통 아닐까?"

"친구 후보인데도 그 보통에 들어가려나?"

미오리는 그렇게 말하면서 미소를 머금었다.

"미토한테는 어떤 사이까지가 친구야?"

"여친이 있으면서, 다른 여자애에게 드라이브를 하자고 말하는 사람은 아웃일 것 같아."

"내가 물은 건 친구의 경계선이야. 바람둥이의 경계선이 아니라—."

"저기, 아즈사가와."

아직 사쿠타의 말이 끝나지 않았는데, 미오리는 태연한 표정으로 분위기를 바꿨다.

"왜?"

"사람을 죽인 적, 있어?"

방금까지와 변함없는 말투로 한 말은, 너무나도 당돌한 질문이었다.

"……"

사쿠타는 말문이 막혔다.

"나는 있어. 고등학교 1학년 때야. 크리스마스이브의 일이지."

역시 미오리의 말투에는 변함이 없었다.

표정에도 변함이 없었다.

거북이가 등껍질을 말리고 있는 연못 쪽을 멍하니 쳐다보고 있었다.

"그 날, 친구와 만나기로 약속을 했어. 내가 집에서 기다리고 있는데, 메시지가 왔어.『편의점 들렀는데, 뭐 필요한 거 있어?』라지 뭐야. 그래서『카레 호빵』이라고 내가 보냈어.『카레 호빵, 겟!』이라는 답장도 왔는데…… 그 후로 아무리 기다려도, 친구는 집에 오지 않았어.『지금, 어디야?』하고 메시지를 보내도, 읽음 표시도 안 됐어. 그때, 친구는 신호를 무시한 차에 치였던 거야."

끝까지, 미오리의 표정에는 변화가 없었다. 바위 위에서 등껍질을 말리고 있는 거북이와 마찬가지로, 꼼짝도 하지 않았다.

"미토는 자기가 카레 호빵을 부탁하지 않았으면, 친구가 차에 치이지 않았을 거라고 생각하는 거야?"

"그만큼 계산을 빨리 마쳤을 거잖아?"

그럴지도 모른다.

그렇지 않을지도 모른다.

그것은 당시에 그 자리에 없었던 사쿠타는 알 수 없다.

아는 건, 그날 차에 치여서 목숨을 잃은 미오리의 친구의 이름이다.

"그 친구가, 키리시마 토코구나."

미오리를 똑바로 쳐다보면서, 사쿠타는 딱 잘라 말했다.

“……”

미오리는 딱히 놀라지 않았다.

“미토가 『키리시마 토코』였던 거야.”

애초에, 별다른 반응 자체를 보이지 않았다.

이유는, 미오리가 자기 입으로 말해줬다.

“어제 말이지? 편지를 받았어. 토코의 어머니한테서. 고등학생 여자애와 남자 대학생이 찾아왔었다네. 그러니, 아즈사가와.”

“왜?”

“우리는, 친구가 될 수 없어.”

미오리는 사쿠타를 쳐다보며 미소 지었다. 웬만한 남자는 가슴이 뛸 만큼 매력적인 미소다. 하지만, 사쿠타의 눈에는 그 미소가 금방이라도 망가질 것처럼 보였다. 연약하고, 덧없다. 그래서, 아름답다. 벚꽃 같은, 모든 것을 거절하는 미소이기도 했다.

점심시간이 곧 끝난다는 것을 알리는 종소리가 들려왔다.

그것을 신호 삼듯, 미오리가 자리에서 일어났다.

“나, 아르바이트가 있어서 먼저 가볼게.”

미오리는 짤막한 말을 남긴 후, 정문 쪽으로 걸어갔다.

“미토.”

뒤늦게 자리에서 일어난 사쿠타는 미오리를 불렀다.

하지만, 미오리는 멈춰 서지 않았다. 돌아보지 않았다.

이제 사쿠타를 신경 쓰지 않았다.

하지만 사쿠타는 개의치 않으며 말을 이었다.

"토요일. 낮 열두 시에 오오후나역의 개찰구 앞에서 보자."

역시, 미오리는 답해주지 않았다.

미세한 반응조차 보이지 않았다.

이윽고 미오리의 모습은 정문 너머로 사라지면서, 사쿠타의 시야에서 없어졌다.

6

미오리와 헤어진 후, 사쿠타는 우선 대학교 도서관으로 향했다. 그곳에서 필요할 듯한 실라버스를 프린트한 후에 돌아가기로 했다.

가로수길에는 여전히 신입생을 대상으로 한 부활동 권유 활동이 활발히 이뤄지고 있었다. 그 열기를 무시하며, 사쿠타가 성문을 나섰을 때였다.

"드디어 왔네."

뜻밖의 인물이 사쿠타에게 말을 건넸다.

사쿠타를 노려보듯 서 있는 그 사람은 바로 카미사토 사키였다. 유마의 여친⋯⋯이 아니라, 전 여친이다.

"저기, 이쿠미에 대해 아는 것 없어?"

사쿠타가 무슨 말을 하기도 전에, 사키가 먼저 용건을 꺼냈다.

"아카기가 왜? 그러고 보니 간호학과는 2학년부터는 여기가 아니라 후쿠우라의 캠퍼스 아니었어?"

"그래서 일부러 여기서 기다린 거야. 이쿠미와 연락이 안 돼. 학교에도 안 왔어."

"뭐?"

"메시지를 보내도 읽음 표시도 안 되고, 전화를 걸어봤자 없는 번호라는 소리만 나와."

일전에 사쿠타가 이쿠미에게 전화했을 때도, 그랬다는 것을 떠올렸다.

"언제부터야?"

"1일 밤부터일까? 아즈사가와와 페스티벌에 간다는 이야기는 그날 아침에 들었어."

"내가 걔를 만난 것도, 그날이 마지막이었어."

그 후로 아직 일주일도 지나지 않았다. 이쿠미와 1, 2주 정도 만나지 않은 적은 이제까지도 몇 번이나 있었다. 그래서 사쿠타는 딱히 개의치 않았다.

하지만 성실 그 자체인 이쿠미가 이유도 없이 대학을 빼먹을 리가 없다. 친구의 연락을 무시할 리도 없다.

"아즈사가와도, 아는 게 없는 거야?"

불안이 짜증으로 변하면서, 사키의 태도에 드러났다.

"나는 아무것도 몰라. 아카기와 연락이 되면, 카미사토가 걱정한다고 전해줄게."

"알았어. 잘 부탁해."

그렇게 말한 사키는 돌아서더니, 역을 향해 성큼성큼 걸어갔다.

"저기, 카미사토."

사쿠타는 그런 사키를 불러세웠다.

"왜?"

멈춰서서 돌아보는 사키의 얼굴은 불만으로 점철되어 있었다.

"카미사토는 왜 간호학과에 들어간 거야?"

"아즈사가와하곤 상관없어."

"소방관이 된 전 남친의 영향 아냐?"

"……윽!"

사키의 눈썹이 노골적으로 흔들렸다.

"그게 뭐 어때서?"

사키는 사쿠타를 노려보며 그렇게 말했다.

"아직 좋아하면서, 왜 헤어진 거야?"

"유마한테 물어보지 그래?"

퉁명한 어조로 그렇게 말한 후, 사키는 다시 걸음을 옮겼다. 사키는 더는 멈춰 서지 않았고, 사쿠타 또한 더는 부를 생각이 없었다.

유마에게 물어보면 된다. 맞는 말이다.

멀어져가는 사키의 등이 시야에서 사라지자, 사쿠타는 대학의 정문 앞에 있는 전화박스에 들어갔다.

녹색 수화기를 들고, 동전을 집어넣었다.

누른 것은 이쿠미의 전화번호다.

사키는 이쿠미와 연락이 안 된다고 말했다.

단순히 기분 탓이면 좋겠다고 생각했다.

그저 타이밍이 나빴다든가, 우연히 연락이 닿지 않았을 뿐이기를 바랐다. 지금은 문제를 더 끌어안을 여유가 없었다.

하지만, 사쿠타의 아련한 기대는 수화기에서 들려온 사무적인 메시지에 의해 안개처럼 흩어지고 말았다.

"지금 거신 번호는 없는 번호입니다. 다시 확인하시고 걸어주시기 바랍니다."

혹시 몰라서 번호를 머릿속으로 확인하면서 다시 전화를 걸어봤다.

하지만, 역시 수화기에서는 같은 메시지만 들려왔다.

어쩔 수 없이, 수화기를 내려놨다. 찰칵, 하는 소리가 나면서 동전이 반환됐다.

"아카기한테도 무슨 일이 생긴 걸까……?"

이것도 현실이 바뀐 결과일까.

진상은 알 수 없다.

하지만 만약 그렇다면, 사쿠타가 도달할 답은 하나뿐이다.

전부 미오리에게 달렸다.

이 망가진 세계를 원래대로 되돌릴 방법은 그것뿐이다.

그러니 토요일의 약속에 기대를 걸 수밖에 없게 된 사쿠타는, 동전을 챙긴 후에 전화박스를 나섰다.

제4장

아무리 늘려도 교차하지 않는 두 줄기 선

1

4월 8일, 토요일.

이날 아침, 사쿠타는 밖에서 들려오는 빗소리에 잠에서 깼다.

침대에서 나온 후, 우울한 기분으로 커튼을 걷었다.

4월치고는 빗줄기가 꽤 거셌다.

"그야말로, 드라이브하기 딱 좋은 날씨네."

잿빛 하늘처럼 우울한 마음으로 거실에 나와보니, 판다 잠옷을 입은 카에데가 아침 식사를 준비하고 있었다.

카에데는 방에서 나온 사쿠타를 보더니…….

"좋은 아침이에요! 오빠!"

……하고 말하며 환한 미소를 지었다.

식탁 위에는 평소와 다름없는 아침 식사 말고도, 내용물이 가득 들어있는 도시락통 두 개가 놓여 있었다. 뚜껑을 닫기 전에 내용물을 식히고 있는 것 같았다.

"이 도시락도 카에데가 쌌구나."

"카에데는 이제 고등학교 3학년이라, 이 정도는 식은 죽 먹기예요!"

"하지만, 오늘은 토요일이잖아?"

"생물부 활동으로, 오늘은 동물원에 판다를 보러 갈 거예요."

"그래서 도시락을 싼 거네. 대단한걸. 게살 크림 크로켓도 있잖아."

도시락통의 내용물을 살펴봤다.

큼직한 크로켓이 양상추 융단 위에 놓여 있었다.

"그건 냉동식품이에요."

"맛있어 보이는 닭튀김은?"

사쿠타는 옆에 있는 닭튀김을 손가락으로 가리켰다.

"맛있는 냉동식품이에요."

"달걀말이는?"

"카에데가 직접 만들었어요!"

"벌써부터 점심때가 기대되는걸."

"네, 기대돼요!"

아침부터 기운이 넘치는 카에데와 식사를 마친 후, 여덟 시에 힘차게 집을 나서는 카에데를 현관에서 배웅했다.

"오빠, 다녀올게요!"

"판다에게 안부 전해줘."

카에데는 미네가하라 고등학교의 교복을 입고 미네가하라 고등학교에 다니고 있다. 사쿠타와 같은 고등학교에 가고 싶다고 했던 카에데가…… 부활동도, 열심히 하고 있다.

설령 이것이 사춘기 증후군에 의한 환상 같은 것일지라도, 눈앞의 현실에 아무것도 느끼지 않을 리가 없다. 가슴 속이 훈훈해졌다. 이 마음은 사쿠타가 접한 현실을 통해 느끼는 것이며, 거기서 눈을 돌리는 건 무리였다.

카에데가 동물원으로 출발한 후, 사쿠타는 설거지와 세탁을 마쳤다. 그리고 나스노의 화장실을 청소한 후, 나스노의 털을 빗겨주기도 했다.

그런데도 미오리와의 약속 시간이 되려면 멀었기에, 사쿠타는 대학에 갈 때 쓰는 가방에서 시간표 관련 용지를 꺼냈다. 그리고 거실에서 실라버스와 눈싸움을 시작했다.

필수 강의를 우선 짠 후, 빈 시간대에 선택 과목을 배치했다. 그 후, 교원 면허를 따기 위해 들어야 하는 과목을 추가했다.

그러는 사이에 시간은 순식간에 지나갔고, 정신을 차리고 보니 거실의 시계는 오전 열한 시를 가리키고 있었다.

조금 이른 점심 식사 삼아서, 카에데가 만든 도시락을 남기지 않고 다 먹었다. 그리고 방에서 옷을 갈아입은 후, 우산을 들고 집을 나섰다.

빗줄기는 약간 약해졌지만, 여전히 추적추적 내리고 있었다.

우산을 때리는 빗소리가 들리는 가운데, 사쿠타는 발밑의 물웅덩이를 신경 쓰면서 후지사와역까지 걸어갔다.

JR의 개찰구를 지난 후, 계단을 통해 플랫폼으로 내려갔다. 상하선 모두, 비슷한 숫자의 사람들이 전철을 기다리고 있었다.

먼저 온 것은 상행선이었다. 그것을 탄 사쿠타는 다음 역인 오오후나역에서 내렸다.

플랫폼에서 계단을 올라간 후, 가장 큰 개찰구를 통해 밖으로 나갔다. 이 구간이라면 통학용 정기권으로 이동할 수 있어서 편리하다.

미오리의 모습을 찾았지만, 아직 보이지 않았다.

통행인에게 방해가 되지 않도록, 승차권 판매소 옆으로 이동했다.

역 이용객은 많지 않았다. 전철이 도착하면 개찰구에서 꽤 많은 사람이 나왔지만, 만나기로 한 상대를 찾는 게 어려울 정도로 한낮의 역은 혼잡하지 않았다.

여기라면, 미오리가 왔을 때 바로 발견할 수 있으리라.

역의 시계는 슬슬 약속 시간은 열두 시를 가리키려 하고 있었다.

지금, 바늘이 움직이면서, 열두 시를 가리켰다.

하지만, 미오리는 나타나지 않았다.

"……."

역의 줄입구를 확인했다. 오른편을 봤고, 왼편을 봤다.

역시, 미오리는 오지 않았다.

다시 역 동쪽으로 나가는 오른편 출입구를 본 후, 역 서쪽으로 이어지는 왼편 출입구를 봤다.

그걸 되풀이하는 사이, 시간만 점점 흘렀다.

곧 시곗바늘은 12시 5분을 가리켰다.

미오리는 아직 나타나지 않았다.

그 후로도, 10분······ 15분······ 20분이, 허무하게 지났다.

시곗바늘이 25분을 가리키려 하자, 사쿠타는 일단 남쪽 개찰구에서 벗어났다. 다른 개찰구로 향한 것이다. 역사를 나가서 반대쪽으로 돌아갔다.

계단을 올라가서 북쪽 개찰구에 가봤지만, 미오리의 모습은 보이지 않았다.

혹시 몰라서 쇼난 모노레일의 개찰구도 확인해 보기로 했다.

미오리에게는 「오오후나역의 개찰구에서 보자」라고만 말해뒀다. 그러니 미오리가 다른 개찰구에서 기다리고 있을 가능성에 기대를 걸었다. 아니, 미오리라면 일부러 모노레일 개찰구에서 기다리는 장난을 치고도 남으리라는 생각이 들었다.

하지만, 유감스럽게도 쇼난 모노레일의 개찰구에도 미오리는 없었다. 사쿠타는 어쩔 수 없이 원래 있던 가장 큰 남쪽 개찰구로 돌아갔다.

이미 약속 시간을 40분이나 넘겼다.

"안 오려는 걸지도 몰라."

이제는 지각이라는 말로 넘어갈 수 없을 만큼 시간이 흘렀다.

의도적으로, 고의로, 오지 않는 거라 여기는 게 타당하리라.

아무리 기다려도, 미오리는 오지 않을지도 모른다.

그 가능성을 이해하면서도, 사쿠타의 발은 개찰구 앞에서 움직이지 않았다.

이윽고, 사쿠타가 오오후나역에 도착하고 한 시간이 흘렀다.

그리고 현재 시각은 오후 1시 26분.

주위를 확인해 보는 것은 이제 관뒀다.

멍하니 서있기만 했다.

그렇게 10분이 더 흘렀을 때였다.

"우와~. 이 사람, 아직도 있네."

교과서 읽는 듯한 목소리로 사쿠타에게 그런 말을 건네는 인물이 있었다.

목소리가 들려온 방향을 향해 시선을 돌렸다.

눈에 들어온 것은 쭉 기다려왔던 약속 상대다. 옷깃이 달린 원피스 위에, 밀리터리 재킷을 걸쳤다. 머리카락은 막 목욕하고 나온 것처럼 찰랑거리는 하프업 스타일이었다. 평소처럼 권태로운 표정으로, 사쿠타를 응시하고 있었다.

"저기, 미토."

"왜?"

"그게 1시간 36분이나 늦게 나타나서 할 소리야?"

"미안해. 뭘 입을지 고민되지 뭐야."

또 교과서 읽는 듯한 목소리로, 데이트 약속 시간에 늦은 여친 같은 변명을 늘어놨다.

"그래도, 보통은 1시간 36분이나 기다리지 않을걸? 돌아간 걸 확인하려고 와본 거란 말이야."

"마이 씨는 나와 첫 데이트를 할 때, 1시간 38분이나 기다려줬다고."

"1시간 38분 동안, 아즈사가와는 뭘 했는데요?"

"여고생과 서로의 엉덩이를 걷어찼다가, 파출소에 끌려갔어."

"참 괴상한 이야기네."

미오리가 깔깔 웃었다.

평소와 다름없이 즐거워 보이는 미소였다.

그리고, 타인이 다가서지 못하게 하는 미소다.

"아즈사가와는……."

미오리는 그렇게 말하면서 사쿠타의 옆에 섰다.

"응?"

"내가 밝혀주기를 바라는 거지?『실은 제가 키리시마 토코예요』하고 말이야."

미오리는 역의 통행인을 관심 없는 눈길로 쳐다보고 있었다.

"이대로 있다간, 진짜로 마이 씨가 『키리시마 토코』가 될 것 같거든."

"다들 좋아하니까, 그걸로 괜찮지 않을까?"

"괜찮지 않아."

사쿠타는 단호하게 반대 의사를 밝혔다.

"딱히 누군가가 상처 입지도 않는데?"

하지만, 미오리는 전혀 물러서지 않았다.

"마이 씨의 일이 더 늘어났다간, 나와 러브러브할 시간이 없어질 거야."

"아하, 그건 심각한 문제네."

전혀 심각하지 않은 표정으로, 미오리는 웃었다.

"미토야말로 괜찮은 거야?"

"괜찮냐니, 뭐가?"

"마이 씨에게 키리시마 토코를 빼앗기는 거잖아."

사쿠타가 똑바로 쳐다보며 묻자, 미오리는 자연스럽게 시선을 희미하게 돌렸다.

"토코는 마이 씨의 광팬이었으니까, 기뻐할 거야."

거짓말을 하는 것처럼 보이지는 않았다.

하지만, 그와 동시에 본심처럼 느껴지지도 않았다.

"그럼, 미토는 이렇게 되기를 바라면서 노래한 거야?"

"……."

"아니지?"

"그 전에 뭐하나 물어봐도 될까요?"

"뭔데?"

"오늘은 드라이브를 하자고 하지 않았어?"

"렌터카라면 예약해뒀다고."

이야기는 차 안에서 하면 된다.

그렇게 생각한 사쿠타는 개찰구를 벗어나더니, 역 동쪽의 출입구를 향해 걸음을 옮겼다.

렌터카 가게에 들어간 사쿠타는 우선 약속 시간보다 늦게 온 것을 점원에게 사과했다.

"미안해요. 여친이 지각해서요."

미오리를 슬쩍 쳐다보며 변명했다. 가게 밖에서 기다리던 미오리는 사쿠타의 시선을 눈치채더니, 빙긋 웃으며 손을 흔들었다. 안에서의 대화가 들릴 리 없지만, 여친 행세를 해 줬다.

면허증 제시와 확인 사항의 설명을 마친 후, 무사히 차를 빌렸다. 작아서 운전하기 편한 소형차다.

사쿠타가 운전석에 앉았고, 미오리는 조수석에 앉았다.

렌터카 가게의 주차장에서 출발한 차는 오오후나 니시 카마쿠라선의 도로를 달렸다. 머리 위에는 쇼난 모노레일이 달리고 있으며, 때때로 술래잡기를 하거나 엇갈리기를 반복했다. 장소에 따라서는 꽤 근접해서 달렸기에, 사쿠타는 운전을 하면서 그 독특한 박력을 즐겼다. 미오리도 「우와~. 모노레일, 가깝네」 하고 말했을 정도다.

"미토는 면허 따고 운전하고 있어?"

"안 해. 할 마음도 없어."

"그건, 친구가 교통사고로 죽어서야?"

"……."

미오리는 대답하지 않았다. 사쿠타의 반대편으로 고개를 돌리더니, 창밖의 경치를 쳐다봤다.

침묵에 사로잡힌 차는 머리 위의 모노레일과 한동안 나란히 달렸다.

어느새, 비는 그쳤다.

"토코가 항상 말했었어."

"……."

"『내가 만든 곡을 미오리가 불러줬으면 좋겠다』고 말이야."

차가 빨간 신호에 걸려서 섰다.

엔진도 멎자, 둘만은 공간에 정적이 찾아왔다.

"하지만, 나는 쭉 싫다고 했어."

"……."

미오리가 중얼거리듯 한 말을, 사쿠타는 빨간 신호를 쳐다보며 묵묵히 들었다.

"하도 끈질기게 굴어서, 싸웠다니깐."

"……."

"처음으로 일주일 가까이 말도 안 했었어."

"……."

신호가 파란색으로 바뀌었다.

사쿠타는 천천히 차를 출발시켰다.

경치가 차의 좌우로 흘렀다. 맞은편에서 오는 차도 흘러갔다.

곁눈질로 쳐다본 조수석의 미오리는, 여전히 반대편 창밖을 쳐다보고 있었다. 운전석에 앉은 사쿠타는 미오리의 표정을 확인할 수 없었다.

"그래서, 그날은 화해할 생각이었어."

"그녀가 사고를 당한 날 말이야?"

"응. 크리스마스이브에, 카레 호빵을 반씩 나눠 먹으면서 화해."

미오리는 숨을 토하듯 옅은 웃음을 흘렸다.

그 짧은 말에 담긴 감정을 전부 이해할 수는 없다.

후회처럼 보였다. 슬픔처럼 보였다. 하지만, 그 감정의 온도는 느낄 수 없다. 미오리의 감정이 마음속 깊은 곳에 가라앉아 있기에, 보이지 않았다. 닿지 않았다. 찾을 수 없었다.

마치 아무런 감정도 없는 것처럼 느껴졌다.

그래서, 사쿠타는 무슨 말을 건네면 좋을지 알 수가 없었다.

그래도, 핸들을 쥐면서 자연스럽게 입을 놀렸다.

"일단, 오늘은 나와 카레 호빵을 반씩 나눠 먹자."

미오리는 사쿠타를 힐끔 쳐다봤다.

"나, 지금 배고프니까 두 개는 먹고 싶네."

그런 말로 사쿠타의 제안을 피하려 했다.

"그럼 네 개 사서 반씩 나눠 먹으면 되겠네."

사쿠타가 즉시 그렇게 대꾸하자…….

"이 사람, 진짜 짜증나~."

……하고 말한 미오리는 웃음을 흘렸다.

차 안이 웃음소리로 가득 차도, 두 사람의 거리는 전혀 좁혀지지 않았다. 미오리가 즐거운 듯이 웃으면 웃을수록,

사쿠타는 그 사실을 강하게 실감했다. 통감하고 말았다.

도중에 편의점에 들러서 아까 선언한 대로 카레 호빵을 네 개 샀다. 니시카마쿠라역까지 모노레일과 함께 달린 차는, 거기서 남쪽으로 꺾으면서 해안도로로 향했다.

코시고에에서 134호선 국도로 나온 후, 오른편에 바다를 둔 채 차를 계속 몰았다. 일단 카마쿠라 근처까지 드라이브한 후, 경치를 다시 감상하듯 같은 길로 돌아왔다.

그리고 현재, 차는 시치리가하마의 주차장에 세워졌다.

사쿠타와 미오리는 차에서 내리더니, 시치리가하마 해변을 걸었다.

아까 산 카레 호빵을 먹으면서 말이다.

"새를 조심해."

머리 위에는 새 세 마리가 우아하게 선회하고 있었다.

사쿠타와 미오가 들고 있는 카레 호빵을 노리는 것이리라.

"파도 소리, 엄청나네."

미오리가 말한 것처럼, 파도가 꽤 강했다. 작은 목소리로 말해서는 들리지 않을 것이다.

오른편에는 에노시마가 있다.

날씨가 맑으면 그 너머로 후지산도 보인다.

하지만 먹구름이 낀 오늘은 전혀 보이지 않았다.

비가 그쳐서 그나마 다행이다.

일단 새에게 빼앗기기 전에 카레 호빵을 위장에 집어넣었다. 같이 산 페트병의 차로 목을 축인 후, 사쿠타는 약 4킬로미터 앞의 수평선을 쳐다봤다.

그리고, 천천히 입을 열었다.

"내가 중3 때, 두 살 어린 여동생이 집단 괴롭힘을 당해서…… 사춘기 증후군에 걸렸어."

두세 걸음 떨어진 곳에 서 있는 미오리가 사쿠타를 힐끔 쳐다봤다.

"친구의 말이 칼날처럼 동생의 몸을 상처내서 진짜로 피가 났고, 멍이 생겼지. 하지만 선생님도, 친구도, 누구 한 명도 내 말을 믿어주지 않았어."

"……."

미오리는 사쿠타를 쳐다보기만 할 뿐, 아무 말도 하지 않았다.

"그래서 그딴 자식들과 어울리는 게 싫어진 나는 여기서 스마트폰을 바다에 던져버린 거야."

바람과 파도에 지지 않도록, 사쿠타의 목소리는 자연스럽게 커졌다.

"바다에 쓰레기를 버리면 안 되잖아."

"마이 씨도 그 말을 했어. 쓰레기는 쓰레기장에 버리래."

그 후로 꽤 시간이 흘렀다.

"미토가 스마트폰을 안 쓰는 건, 자기의 연락 탓에 키리시마 토코가 사고를 당했다고 생각해서야?"

"아니야."

미오리는 즉시 답했다.

"그럼, 어째서야?"

"내가 토코와 친하다는 걸 우리 학교 사람들은 다 알고 있었거든.『괜찮아?』라든가……『기운내』라든가……『할 말 있으면 언제든지 해』라든가…… 걱정해주는 메시지를 잔뜩 받았어. 나는 그게 너무 짜증나서, 스마트폰을 버린 거야."

"미토답네."

"그렇지?"

미오리는 만족한 것처럼 미소 지었다.

"남자들이 너무 걱정해 주니까, 일부 여자애들에게 질투를 무지 받았겠는걸."

"저, 실은 나쁜 여자랍니다."

사쿠타의 말을 순순히 인정한 미오리는 자조하듯 웃었다. 약간 난처해 보이는 느낌의 그 평소 같은 미소를 머금으며…….

"저기, 미토."

"응~?"

"그저께, 나한테 물었지? 사람을 죽인 적이 있냐고 말이야."

"물었지~."

"나도 있어."

"그럼, 경찰을 불러야겠네."

“나는 고등학교 2학년 겨울에…… 12월 24일에, 죽을 예
정이었어.”

“……뭐?”

사쿠타를 향한 미오리의 시선에, 약간의 흥미가 어렸다.
의식이 사쿠타를 향하는 것이 느껴졌다. 그렇기에, 사쿠타
는 태도를 바꾸지 않으며 이야기를 이어갔다.

“에노시마 앞에 있는 교차로에서, 눈에 미끄러진 차에 치
여서 말이야.”

“…….”

“의식이 돌아오지 않은 내 심장은, 한 중학생 여자애에게
이식될 예정이었어.”

“그럼, 지금 이 자리에 있는 아즈사가와 씨는 유령인가요?”

미오리는 그렇게 물으며 헛웃음을 흘렸다. 그럴 리가 없으
니 말이다.

“사춘기 증후군을 이용해서 미래를 바꾼 거야. 시간을 되
돌려서, 새로운 가능성에 도달했어.”

“…….”

사쿠타는 미오리를 똑바로 바라봤다. 자신의 말이 진실이
라는 것을 전하기 위해서, 미오리가 믿어주기를 바라면서
말이다.

미오리는 그런 사쿠타를 응시했다. 눈을 깜빡이고 있었
다. 사쿠타의 말을 이해하는 데는 시간이 걸린다. 그렇게 말

하는 듯한 표정이었다.

"아즈사가와의 심장을 이식받게 되어있던 여자애는 어떻게 됐어?"

미오리가 가장 먼저 입에 담은 건, 핵심을 관통하는 질문이었다.

"다른 기증자의 심장을 받고, 지금은 잘 지내고 있어."

"그렇구나."

미오리는 납득한 것처럼 그렇게 중얼거렸다. 그 후…….

"그 애의 기증자가 토코인 거네?"

……하고, 혼잣말하듯 물었다.

"그래."

천천히, 그리고, 조용히 고개를 끄덕였다. 깊이 고개를 끄덕였다.

"그러니, 키리시마 토코가 죽은 건 내 탓일지도 몰라."

"……."

사쿠타는 자신을 쳐다보는 미오리와 시선을 마주했다.

눈을 깜빡이는 것조차 잊은 채…….

시간이 멈춘 것처럼, 사쿠타와 미오리는 꼼짝도 하지 않았다.

침묵한 시간은 10초도 되지 않는다.

하지만, 영원한 것처럼 느껴지는 정적이 감돌았다.

이윽고, 미오리가 시선을 살짝 숙였다.

"그 말은, 아즈사가와라면 시간을 다시 되돌려서 토코를 구할 수도 있다는 거야?"

메마른 목소리로 그렇게 물었다. 거기에서 기대나 희망은 느껴지지 않았다. 눈물점이 인상적인, 약간 난처해 보이는 그녀의 얼굴만이 존재할 뿐이다.

"그건 불가능하대. 『미래』에서 『현재』로 돌아오는 건 가능해도, 『현재』에서 『과거』로 돌아갈 수는 없나 봐."

이 설명만으로 이해할 수 있는 이야기가 아니다. 도저히 납득할 수 있을 이야기도 아니다.

그래도, 지금의 미오리에게는 결론만으로 충분할 거란 생각이 들었다.

중요한 것은, 이론이나 논리가 아니다. 사실과 대답뿐이다.

"그럼, 왜 그 이야기를 해주는 건데요?"

미오리는 딱히 낙담하지도 않으며, 본질만을 물었다.

사쿠타의 의도만을 확인하려 했다. 사쿠타를 똑바로 쳐다보면서…….

"뻔하잖아?"

"그래?"

"비밀이 있어선, 친구가 될 수 없거든."

"그저께, 딱 잘라 거절했다고 생각하거든요?"

미오리는 해변에 떨어져 있던 조그마한 조개껍질을 주웠다. 두 개로 이뤄진 조개껍질의 한쪽만이었다. 미오리는 손바닥 위에 놓인 조개껍질을 지그시 쳐다보며…….

"나는 말이야. 토코가 죽었을 때, 하나도 슬프지 않았어."

……하고, 중얼거렸다.

"눈물도 안 났어."

"……."

미오리의 눈에는 지금도 눈물이 어려 있지 않았다. 목소리도 젖지 않았다.

"죽었다니, 그게 무슨 소리야…… 같은 느낌이었어."

평소의 미오리만이 이 자리에 존재했다.

"장례식에 참석해도, 토코가 없는 교실에 가도, 전혀 실감이 안 났어. 내일 만날 수 있으리라고 생각했다니깐."

지금도 그렇게 생각하는 듯한 말투다.

"하지만, 만나지 못했구나."

"그래. 못 만난 채, 다음 크리스마스가 다가왔고…… 그즈음에는, 아무도 토코의 이야기를 하지 않았어."

"……."

"그래서, 불러보자고 생각했어. 토코가 남긴 곡을 말이야. 내가 불러줬으면 좋겠다고 했거든. 그래서 토코의 기일에, 처음으로 동영상 사이트에 곡을 올린 거야."

사고를 당한 12월 24일. 크리스마스 이브.

"그게 의외로 호평이었어."

미오리는 조개껍질을 물가에 두러 갔다.

“그것 말고도 토코가 만든 곡이 있어서…….”

젖은 모래 위에 놓인 조그마한 조개껍질은, 곧 밀려온 파도에 휩쓸렸다. 그리고 어딘가로 떠내려갔다. 미오리에게 있어서의 토코처럼…….

“한 곡씩 올렸고…….”

미오리의 시선은 바다로 향했다.

“수많은 사람이 『키리시마 토코, 좋네』라고 말해줬어.”

수평선 너머를 응시하고 있었다.

“수많은 사람이, 『키리시마 토코』를 이야기해줬어.”

하지만 미오리의 말은 그 누구에게도 향하고 있지 않은 것처럼, 사쿠타는 느껴졌다.

“하지만, 그건 내가 만나고 싶은 토코가 아니었어.”

“…….”

“아무리 노래해도, 나는 토코를 만나지 못했어.”

“그래서, 노래를 관둔 거야?”

“남은 곡도 없었거든. 첫 영상을 올리고 1년 후의 크리스마스 이브에 올린 게 마지막 곡이야.”

“그 후에도, 키리시마 토코의 곡은 계속 늘어났잖아.”

“그런 일이 벌어질 줄은 몰랐어.”

자칭 『키리시마 토코』가 몇 명이나 나타나서, 『키리시마 토코』로서 계속 노래했다.

미오리는 난처한 듯이 쓴웃음을 머금었다.

하지만 미오리는 그 쓴웃음을 미소 속에 집어넣더니, 머나먼 수평선을 응시했다.

"아즈사가와."

"왜?"

"친구가 죽었는데 눈물 한 방울 흘리지 않는 매정한 여자와, 아직도 친구가 되고 싶어?"

"응."

"정말?"

"미오리야말로 어때?"

"나?"

미오리는 사쿠타를 쳐다봤다. 그 눈동자에, 사쿠타가 비쳤다.

"친구가 죽게 되는 계기를 만든 녀석과는, 역시 친구가 되고 싶지 않은 거야?"

"……나는, 어떻게 하고 싶은 걸까?"

미오리는 그렇게 답하더니, 시선을 바다 쪽으로 돌렸다. 미오리다운, 애매모호한 대답이었다.

하지만, 지금은 그것이 본심인 것처럼 느껴졌다.

눈부시지도 않은 바다를 가늘게 뜬 눈으로 바라보는 미오리는, 자신의 마음이 어디를 향하고 있는지 찾고 있는 것 같았다.

진심으로 이야기를 얼버무릴 생각이라면, 미오리는 더 능

숙하게 이야기를 돌릴 테니까…….

"나는, 토코를 만나고 싶을 뿐인데……."

파도와 바람 소리에 가려질 만큼 작은 목소리였다.

하지만, 사쿠타에게는 그것이 미오리의 본심처럼 들렸다.

"그래서, 미토는 현실을 바꾼 거야?"

"……노래를 관뒀을 때부터일까. 매일 아침에 눈을 뜰 때마다, 뭔가 조금씩 바뀌기 시작했어."

"……."

"파란색이던 방의 커튼이 물빛으로 바뀌었고, 마음에 들어하던 머그컵의 무늬가 고양이에서 개로 바뀌더니, 담임 선생님이 다른 사람이 됐어."

"미토가 그걸 바란 거야?"

미오리는 고개를 끄덕이지도, 젖지도 않았다.

대답 대신…….

"기왕 현실이 바꾼다면, 토코가 살아있는 현실로 바뀌었으면 좋았을 텐데 말이지. 유감이네."

……하고, 변함없는 말투로 대답할 뿐이다.

"왜 과거형인 건데? 지금은 그걸 바라지 않는 거야?"

"그야, 그날부터 내 현실은 바뀌지 않게 됐거든."

"그날……?"

"작년 가을. 기초 세미나의 친목회에서 아즈사가와를 만난 날부터야."

“…….”

이 이야기에서 자신의 이름이 나올 거라고는 생각하지 못했던 사쿠타는 당황하고 말았다. 표정이 당혹감 탓에 일그러졌다.

그 반응을 본 미오리는 만족한 듯이 웃었다.

“있잖아, 아즈사가와는 나한테 뭘 한 거야?”

“왜 원인이 나라고 단정짓는 건데?”

“스마트폰이 없는 아즈사가와를 만난 건, 처음이거든.”

“마치, 다양한 나를 만났다는 듯한 소리네.”

“만났어. 안경을 쓴 아즈사가와, 의학부에 들어간 아즈사가와, 똑 부러지는 아즈사가와도 만났지. 마이 씨의 남친이 어떤 사람인지 흥미가 있어서, 현실이 바뀔 때마다 말을 걸었거든. 다 합쳐서 오십 명 정도는 만나봤을걸?”

“그중 한 명 정도는 미토와 친구가 됐어?”

“누구도 친구가 못 됐답니다.”

“그럼, 내가 처음인 거구나. 영광인걸.”

“그렇게 되면 좋겠네.”

미오리는 남 일이라는 투로 그렇게 말했다. 그저 입에서 나오는 대로 말하고 있는 것처럼, 그 말은 공허했다.

“그러니까, 아즈사가와.”

“왜?”

“토코가 살아있는 현실에 도달할 수 있도록, 어떻게 해주면 안 될까?"

"그 대신, 미토는 자기가 키리시마 토코라는 걸 밝혀줄 거야?"

"손가락 걸고 약속할까?"

미오리는 새끼손가락을 내밀었다.

"됐어. 나는 미토를 믿거든."

사쿠타가 사양하자…….

"이 사람, 진짜 짜증나~."

미오리는 즐거운 듯이 소리내어 웃었다.

그리고, 미소를 머금은 채…….

"나, 오늘도 아르바이트가 있으니까 슬슬 가볼게."

……하고 말하며 손을 흔들었다.

"차로 바래다줄게."

"괜찮아. 이 근처거든."

"근처라니, 어딘데?"

"주차장이 있는 카페야."

미오리는 바다를 등지며 걸음을 옮겼다. 방파제 위로 이어지는 계단 쪽으로 향했다. 사쿠타는 멀어져 가는 그 등을 말없이 쳐다봤다.

두 사람은 평행선을 그렸다. 아무리 늘려도, 두 직선은 절대 교차하지 않는다. 그것이, 지금의 사쿠타와 미오리의 관계였다.

사쿠타가 렌터카를 몰아서 오오후나역으로 돌아온 것은 오후 다섯 시 직전이었다. 가게에 차를 반납한 후, 올 때와 같은 루트로 후지사와에 돌아가기 위해 토카이도선 전철을 탔다.

전철은 5분 만에 사쿠타를 후지사와역에 데려다줬다.

앞사람의 뒤를 따르면서 플랫폼에 내린 후, 계단을 올라가서 정기권으로 개찰구에서 나왔다. 자연스레 역 북쪽 출입구로 향한 발은 살고 있는 맨션이 아니라, 역 바로 앞의 학원으로 향했다.

오늘은 사쿠타가 학원 강사 아르바이트를 하는 날이 아니지만, 토요일 이 시간대라면 리오가 수업하러 와 있으리라고 생각했다. 미오리에 관해, 상의할 일이 있었다.

학원이 있는 빌딩 입구에 다가서자, 엘리베이터 앞에 있는 커다란 사람이 눈에 들어왔다.

카사이 토라노스케다.

190센티미터 가까이 되는 그 등을 쳐다보며 말을 건넸다.

"이제부터 자습실에서 공부하는 거야?"

"어? 아, 아즈사가와 선생님. 네, 맞아요. 전의 모의시험을 복습하려고요."

두 사람은 도착한 엘리베이터에 함께 탔다.

토라노스케가 버튼을 눌러줬다. 올라가기 시작한 엘리베이터 안에서, 토라노스케는 무심결에 한숨을 토했다.

"기운이 없어 보이네."

"아, 그렇지는 않아요."

"전의 모의시험의 결과가 나빴던 거야?"

"나빴어요."

"꿈에서 본 대로 됐구나."

"……네?"

사쿠타의 혼잣말을 들은 토라노스케가 미간을 살짝 찌푸렸다. 토모에와 사라가 그랬던 것처럼 『#꿈꾸다』를 기억하지 못하는 것 같았다.

"뭐, 본고사까지 1년 가까이 남았으니까 너무 낙심하지 마. 나도 3학년 봄에 치른 모의시험 결과는 정말 나빴거든."

"네……."

역시, 목소리에 기운이 없었다. 마음이 딴 데 가 있는 듯한 분위기였다.

모의시험의 결과만이 이유가 아니라는 건, 학원에 들어서자마자 눈치챘다.

"안녕하세요."

문을 연 토라노스케는 직원실 쪽에 인사를 하면서 안으로 들어갔다.

뒤따라 들어간 사쿠타는 토라노스케가 갑자기 멈춰선 바

람에, 그의 등에 부딪치고 말았다.

"어…… 왜 그래?"

토라노스케의 옆으로 몸을 내밀면서, 그의 표정을 살폈다. 그 눈은 프리스페이스와 직원실 사이를 향하고 있었다.

카운터를 사이에 두고 학생인 사라와 마주 앉아서 질문에 답해주고 있는 이는 바로 리오였다. 진지한 표정으로 공책을 손가락으로 가리키면서, 문제를 푸는 방법을 세세하게 설명해주고 있었다. 토라노스케는 리오보다 더 진지한 눈길로 그 얼굴을 응시하고 있었다.

"신세진 농구부 선배의 여친을 짝사랑하고 있으니, 마음에 복잡하겠는걸."

현실은 바뀌었지만, 리오를 향한 토라노스케의 마음은 변함없는 것 같았다. 리오와 유마의 관계가 바뀌면서 상황은 좀 복잡해졌고, 또한 애절해졌지만 말이다.

"저는, 딱히…… 후타바 선생님을……."

토라노스케는 흠칫하더니, 머뭇머뭇 그 말을 부정했다. 하지만, 그 목소리는 가라앉아 있었다.

직원실 앞에서는 사라가 공책을 덮었다. 바로 그때, 리오와 사라는 입구에 서 있는 사쿠타와 토라노스케를 발견했다.

"저는, 자습실에 갈게요."

토라노스케는 도망치듯 안쪽의 자습실로 사라졌다.

이어서, 사라가 다가오더니…….

"사쿠타 선생님, 오늘 수업 있어요? 야마다와 요시와 양은 토요일에 카마쿠라에 간다고 어제 학교에서 이야기하던데요?"

"후타바에게 볼일이 있어서 들른 거야."

"나, 이제부터 히메지 양을 가르쳐야 하거든?"

직원실에서 나온 리오는 평소와 마찬가지로 차분해 보였다.

"끝날 때까지 기다리겠어."

"끝나고 나면 쿠니미와 같이 밥을 먹기로 했는데 말이야."

"몇 시부터인데?"

"여덟 시쯤이야."

지금은 여섯 시다. 수업은 80분 동안 하니, 7시 20분에는 끝날 것이다.

"40분만, 나한테 시간을 내줘."

"……일단, 이야기는 들어줄게."

돌아온 것은 그다지 긍정적이지 않은 대답이었다. 아니, 내키지 않아 하는 기색이 역력했다.

이유가 짐작이 된 사쿠타는…….

"고마워."

……하고 말했다.

사라는 그런 두 사람을 흥미롭다는 듯이 쳐다보고 있었지만, 사쿠타는 눈치채지 못한 척을 했다.

사쿠타가 리오에게 전부 이야기했을 즈음에는, 테이블 위에 놓인 서로의 머그컵이 텅텅 비어 있었다.

두 사람은 학원에서 도보로 몇 분 거리에 있는 세련된 카페의 카운터석이다. 유리로 된 가게 안에서는 가게 앞을 지나는 사람들이 잘 보였다.

알코올도 제공되는 가게 안의 안쪽 자리에서는 20대 중반으로 보이는 커플의 웃음소리가 때때로 들려왔다. 단골손님인지, 점원과도 즐겁게 이야기를 나누고 있었다.

"지금 이야기한 게, 이 며칠 동안 내가 체험한 일이야."

마이는 여전히 「자기가 키리시마 토코」라고 말하고, 집에는 카에데가 있으며, 그것 말고도 여러 현실이 바뀐 데다, 진짜 키리시마 토코는 이미 세상을 떠났다는 것을 알았다. 쇼코에게 심장을 기증해준 사람이었다. 그리고, 사쿠타가 대학에서 알게된 미토 미오리가 바로 『키리시마 토코』란 이름으로 노래한 진짜 『키리시마 토코』였다.

"후타바는 어떻게 생각해?"

묵묵히 이야기를 끝까지 들은 리오가 처음 보인 반응은 깊디깊은 한숨이었다. 그 시선은 정면에 있는 유리 너머……가게 앞의 대로를 무미건조하게 향하고 있었다.

"도저히 믿기지 않는 아즈사가와의 이야기를, 일단 전부 믿어주기로 하고…… 아즈사가와는 어떻게 하고 싶은 건데?”

가장 먼저 들려온 것은, 사쿠타를 시험하는 듯한 리오의 질문이었다.

“어떻게 하고 싶냐니…….”

“사쿠라지마 선배를 원래대로 되돌리고 싶다던가?”

“그야 물론이지.”

가장 중요한 목적이라고 해도 과언이 아니다.

“미토 미오리와 키리시마 토코에게 속죄하고 싶다던가?”

“…….”

두 번째 질문에는, 바로 답하지 못했다. 사쿠타는 리오의 얼굴을 향하던 자기 시선을 가게 밖으로 돌렸다.

“미토에게, 죄책감을 느끼고 있지는 않아.”

토코가 사고를 당한 것이 미래를 바꾼 탓인지는 확실치 않다. 리오에게 들은 나비효과 이야기에 따르면 말이다.

“그럼, 어쩌고 싶은데?”

“친구가 되고 싶어.”

잠시 생각해 본 후에 나온 것은, 역시 그 말이었다.

단순한 의미가 아니다. 토코가 쇼코에게 심장을 기증했다는 사실을 안 현재, 그것을 몰랐던 때와는『친구』의 의미가 달라졌다. 하지만, 역시, 미오리와의 관계를 말로 표현하자면『친구』이외의 다른 표현이 떠오르지 않았다.

“그리고 바뀌어버린 현실을, 전부 원래대로 되돌리고 싶다던가?"

세 번째 질문을 말하는 리오의 말투에서는 의도적인 무언가가 느껴졌다. 아까까지와는 목소리의 온도가 달랐다. 그것은 아마도, 기분 탓이 아닐 것이다.

그 말의 이면에, 긴장감이 감돌고 있었다. 긴장된 분위기가 희미하게 느껴졌다.

이유는 말할 것도 없다.

전부 원래대로 되돌아간다면, 리오를 둘러싼 상황도 원래대로 돌아가고 만다. 리오와 유마의 관계는, 연인에서 친구로 돌아가는 것이다.

그래서 그 질문에는 대답하지 않은 채, 사쿠타도 리오에게 질문을 던졌다.

"이대로 미토가 현실을 계속 바꿔버린다면, 언젠가는 키리시마 토코가 살아있는 현실에 도달할 수 있으리라고 생각해?"

"아니."

리오는 딱히 생각해 보지도 않고 바로 대답했다.

"이유는 뭐야?"

"현재 아즈사가와가 인식하고 있는 현실의 변화는 대부분, 바뀌기 전에 존재했다는 『#꿈꾸다』와 연관되어 있거든."

이번에도 리오는 명확하게 대답해 줬다.

"확실히, 마이 씨가 키리시마 토코라고 말한 것도, 『카에데』도, 후타바와 쿠니미도, 전부 누군가가 꾼 꿈이긴 해."

토라노스케의 모의시험 결과가 나쁜 것도, 켄토가 쥬리와 잘 되어가고 있는 것도 그렇다.

"그 꿈의 정체에 관해서는, 현실이 바뀌기 이전의 나한테서 들었지?"

"다른 가능성의 세계를 보고 있는 거라고 말했어."

리오는 천천히 고개를 끄덕였다.

"그러니 꿈을 통해 누군가가 그 가능성을 인식함으로써, 현실이 될 수 있는 상황이 만들어지고 있다…… 그렇게, 생각해야 하지 않을까?"

"그렇다면 누군가가 키리시마 토코가 살아있는 꿈을 꾸지 않는 한, 미토가 바라는 현실은 되지 않는다는 거구나."

"원래라면, 그녀 자신이 키리시마 토코의 꿈을 꿨어야 해."

"맞아."

그것이 미오리의 소망이니 말이다.

"그렇다면, 사실은 키리시마 토코를 만나고 싶지 않은 게 아닐까?"

리오가 갑자기 이야기의 방향성을 180도 바꿨다.

하지만, 사쿠타는 놀라지 않았다.

"……"

납득이라는 감정이, 사쿠타가 입술을 꾹 다물게 했다.

"아즈사가와도 눈치챈 것 같네."

미오리의 태도를 보고, 왠지 그런 느낌을 받았다.

그리고 리오의 지적을 듣고, 느낌으로 치부할 수 없게 됐다.

"사춘기 증후군은, 걸린 사람의 소망을 이뤄주는 케이스가 많았잖아?"

"그랬지."

"하지만, 키리시마 토코를 만나고 싶을 미토는 아직 그녀는 만나지 못했어."

"그녀는, 도망치고 있는 걸지도 몰라."

"키리시마 토코한테서?"

리오는 눈을 내리깔더니, 고개를 끄덕였다.

"적어도, 키리시마 토코의 죽음으로부터는 그럴지도 몰라."

이제까지 미오리가 보인 태도가 그런 생각을 하게 했다. 종잡을 수가 없고, 마음이 어디를 향하고 있는지 알 수 없다. 그래서 사쿠타는 그렇게 생각했다.

대화가 잠시 끊겼다. 바로 그 타이밍에, 테이블 위에 놓인 스마트폰이 울렸다.

리오의 시선이 스마트폰의 화면을 향했다.

"쿠니미야?"

"응. 곧 도착한대."

그 말대로, 1분도 채 지나기 전에 가게 앞의 길에서 아는 얼굴을 발견했다. 가게 안의 사쿠타와 리오를 발견한 유마가 손을 흔들었다.

그 모습을 본 리오는 자리에서 일어났다.

“저기, 아즈사가와.”

리오는 사쿠타를 쳐다보지 않으며, 그렇게 말했다.

“왜?”

그래서 사쿠타도 가게 밖을 쳐다보며 대답했다.

“내가 협력해주는 건, 이걸로 끝이야.”

굳은 의지가 담긴 차분한 목소리가 들려왔다.

“충분해.”

슬며시 웃으려던 사쿠타는 실패했다.

이 이야기의 종착점이 어디인지 알기에, 웃을 수가 없었다.

“나는 지금 이대로가 좋아.”

리오가 보고 있는 건, 가게 입구로 다가오는 유마의 모습이었다. 아무것도 모르면서, 왠지 즐거운 듯이 미소 짓고 있었다. 행복한 미소였다.

“그럼, 가볼게.”

사쿠타의 대답을 듣지도 않은 채, 리오는 가게를 나섰다. 곧 유마와 합류하더니, 두 사람은 역 쪽을 향해 나란히 걸어갔다. 도중에 유마가 사쿠타를 한 번 돌아보더니, 가볍게 손을 흔들었다.

행복으로 가득 찬 광경이었다.

그것이 애절해 보였다. 그렇게 느껴졌다.

4

리오와 유마를 배웅한 후, 사쿠타도 가게를 나섰다. 가로등 불빛에 비친 역 앞의 거리를 지난 후, 수도 없이 지나다닌 길을 통해 집으로 홀로 걸어갔다.

그 발걸음은, 느렸다.

사쿠타가 이렇게 만든 것은, 아까 리오가 한 말이다.

—나는 지금 이대로가 좋아.

유마와 나란히 걷는 리오의 뒷모습을 보면서, 같은 생각을 하는 자기 자신을 내면에서 발견했다. 발견하고 말았기에, 사쿠타의 발걸음은 느렸다. 집에 돌아갈 때까지, 어떻게든 이 감정과 결판을 내고 싶다. 그런 마음이, 집으로 돌아가는 데 걸리는 시간적 거리를 늘렸다.

평소 같으면 10분 정도 걸리는 거리를, 이날은 20분이나 들여서 걸었다.

맨션 앞에 도착했지만, 생각은 정리되지 않았다.

가슴 속의 응어리는 오히려 커졌다.

엘리베이터를 탔지만, 같은 생각만 계속 반복했다.

문을 열고 「다녀왔어」 하고 말했지만, 사쿠타의 머릿속은 「이대로」로 가득했다.

겨우겨우, 의식이 외부를 향한 것은…….

"어서 와요, 오빠!"

……하고 카에데가 말하면서 현관으로 마중을 나왔을 때였다.

"판다에게 안부 전하고 왔어요!"

낮에 사쿠타가 했던 말을, 카에데는 지킨 것 같았다.

그런 카에데의 구김 없는 미소를 보자…….

"카에데는, 지금 이대로가 좋아?"

……하고, 사쿠타는 무심코 말했다.

"무슨 소리예요……?"

카에데는 영문을 모르겠다는 듯이 고개를 갸웃거렸다. 너무 갸웃거린 나머지, 몸이 기울어졌다.

"아무것도 아냐. 잊어줘."

신발을 벗고 집에 들어갔다.

"카에데는 쭉 오빠와 함께 있고 싶어요."

그 말은 별것 아닌 한마디이리라. 카에데가 자주 입에 담는 말이다. 하지만, 카에데가 구김없는 미소를 지으면서 한 그 말이 사쿠타의 가슴 속을 뜨겁게 만들었다. 그것은 순식간에 몸속을 휘몰아치더니, 눈시울까지 뜨겁게 만들었다.

"……."

"오빠?"

입을 열었다간, 그대로 감정이 흘러넘칠 것만 같았다.

그것을 겨우겨우 막아준 것은, 느닷없이 들려온 전화벨 소리였다.

서둘러 거실로 향했다.

디스플레이에 표시된 것은 쇼코의 전화번호였다.

"내가 받을게."

카에데에게 그렇게 말하더니, 수화기를 들었다.

"네, 아즈사가와입니다."

"사쿠타 씨? 저예요. 쇼코예요."

"나중에 내 쪽에서 연락할까 했어. 미토에 관한 일이야."

"그럼, 지금 만나지 않겠어요?"

"지금 말이야?"

시계를 봤다. 시간은 여덟 시 반을 살짝 지났다.

"사쿠타 씨에게 보여드리고 싶은 게 있어요."

정중하면서도 확고한 의지가 담긴 진지한 어조였다. 중요한 볼일이라는 게 느껴졌다.

그래서, 사쿠타는…….

"알았어."

……하고 전화 너머의 쇼코에게 말했다.

쇼코와 만나기로 한 곳은, 사쿠타가 아르바이트를 하는 후지사와역 인근의 패밀리 레스토랑이다. 사쿠타가 가게에 들어서자, 창가 좌석에 앉아있던 쇼코가 손을 들었다.

가게의 좌석 중 절반가량이 채워져 있었으며, 밤의 여유로운 시간이 흐르고 있었다. 사쿠타는 드링크 바만 주문한 후, 쇼코의 맞은편에 앉았다.

"기다리게 해서 미안해."

"저도 방금 왔어요."

"그런데, 나한테 보여주고 싶은 게 뭐야?"

"……."

사쿠타가 바로 본론에 들어가자, 쇼코는 약간 의아한 표정으로 쳐다봤다.

"왜 그래?"

"사쿠타 씨야말로, 무슨 일 있었나요?"

"왜 그렇게 생각하는데?"

"데이트의 단골 멘트를 그냥 무시하고 넘어가는 건, 사쿠타 씨답지 않아서예요."

"……."

쇼코의 지적을 들은 사쿠타가 쓴웃음을 흘렸다.

"오늘 후타바를 만났는데, 지금 이대로가 좋다는 말을 들었어."

숨길 일도 아니라고 생각한 사쿠타는 솔직하게 털어놨다.

"……그건, 확실히 고민이 되겠네요."

"그 후에 집에 돌아갔는데, 카에데가 『어서 와요』 하고 말하면서 마중해 주니까…… 솔직히 말해, 후타바의 심정이 이해됐어."

토모에가 같은 대학에 있는 것도, 우즈키가 아직도 대학교에 다니는 것도, 사쿠타에게 있어서는 나쁜 일이 아니다. 오히려, 잘된 일이라고 마음속으로 여겼다.

"그렇다면, 사쿠타 씨도 지금 이대로가 좋은 건가요?"

"마이 씨가 원래대로 되돌아와 주지 않으면 곤란해."

그 이외의 부분은, 솔직히 말해 판단을 내리기 힘들었다. 좋은 면도 있지만, 나쁜 면도 있다. 아무래도 상관없는 부분도 있다.

사쿠타가 그렇게 대답하자, 쇼코는 만족한 것 같은 미소를 지으면서 이야기를 이어갔다.

"미오리 씨와는 제대로 이야기를 나눠봤나요? 오늘, 드라이브 데이트를 하기로 했잖아요?"

"미토는, 키리시마 토코를 만나고 싶다고 말했어. 하지만 후타바에게 그 말을 해주니, 반대일지도 모른다고 하네."

"만나고 싶어 하지 않는다는 건가요?"

"상황적으로 봐서, 미토가 왜 그렇게 생각하는 건지는 모르겠지만 말이야."

"그렇다면, 오늘 연락하기 잘한 걸지도 모르겠네요."

"응?"

"이걸, 사쿠타 씨에게 보여주고 싶었어요."

쇼코가 가방에서 꺼낸 것은 일전에 토코의 어머니에게 받았던, 토코와 미오리의 교환 일기였다. 쇼코는 그것을 테이블 위에 펼쳐둔 후, 페이지를 넘겼다.

그리고, 그 손은 어느 페이지에서 멈췄다.

적힌 날짜는 12월 24일.

"키리시마 토코가 사고를 당한 날이잖아?"

"네. 그해 12월 24일이에요."

거기에 적혀있는 문장이, 사쿠타는 낯설게 느껴지지 않았다. 그럴 만도 했다. 그것은 『키리시마 토코』의 악곡에 쓰인 가사였다.

4월 1일에 마이가 무대에서 부른, 바로 그 노래다.

너를 만나서 다행이야.

나는 그렇게 생각 안 해.

운명의 사람은 이제 어디에도 없어.

하지만, 너와 들은 사랑의 노래가 이렇게 말해.

분명 또 만날 수 있을 거라네.

미아가 되는 것을 무서워하지 마.

아침이 되면 문을 열고 나가자.

하지만, 미래는 누구도 증명 못 하잖아?

분명 내일도 나는 외톨이.

너와 반반씩 나누지 못하고,

가슴 속은 쭉 공허한 채.

이런 마음을 느낄 줄 알았으면

너를 만나지 말 걸 그랬어.

가사 끝에는 『Turn The World Upside Down』라는 타이틀이 적혀 있었다.

이 가사를 끝으로, 두 사람의 교환 일기는 끝났다. 남은 페이지는 전부 백지였다.

"이걸, 키리시마 토코가 쓴 거야?"

"틀림없을 거예요. 두 사람은 필체가 꽤 차이가 나니까요."

미오리의 글씨는 꽤 샤프하지만, 토코의 글씨는 동글동글한 느낌이었다.

"미토가 말했어. 이날은 키리시마 토코와 만나기로 약속했다고 말이야. 일주일쯤 전에 다퉈서, 이날에 화해할 생각이었다더라고."

"하지만, 미오리 씨를 찾아가던 도중에 토코 씨는 사고를 당했어요."

"맞아."

"그러니 이 가사는 미오리 씨에게 있어, 토코 씨의 마지막 말이 된 게 아닐까요?"

쇼코의 손가락이 가사의 마지막 문장을 살며시 훑었다.

"……『너를 만나지 말 걸 그랬어』인가."

"네."

"미토가 키리시마 토코에게서 도망칠 이유가 되기는 해. 가장 소중한 친구에게 이런 말을 듣는다면, 확실히 충격을 받긴 할 거야.”

“하지만, 아마, 그게 아닐 거예요.”

사쿠타의 마음을, 쇼코는 곧 부정했다.

“그게 아니라니?”

그 말의 의미를 이해 못 한 사쿠타는 반사적으로 되물었다.

“이 가사에 관한 건데, 미오리 씨에게 꼭 전해야만 할 게 있어요.”

“…….”

“그러니, 사쿠타 씨.”

자신을 똑바로 쳐다보는 쇼코가 무슨 말을 할지 짐작이 됐다.

짐작됐기에, 사쿠타는 괜히 맞장구를 치지 않았다.

“저를 미토 미오리 씨와 만나게 해주세요.”

계속

■ **역자 후기**

　안녕하십니까. 근로청년 번역가 이승원입니다.
　『청춘 돼지는 걸프렌드의 꿈을 꾸지 않는다』를 구매해 주셔서 진심으로 감사드립니다.

　어느새 2024년도 가을에 접어들고 있습니다.
　9월까지도 정말 폭염이 이어지더니, 10월이 딱 되자마자 거짓말처럼 쌀쌀해지는군요.
　9월 30일에는 자다가 답답해서 에어컨을 켰는데, 10월 1일에는 자다가 추워서 전기장판을 켰습니다, AHAHA.
　오늘도 긴팔을 입고 외출하니 땀이 날 정도로 덥군요. 요즘 날씨는 정말 종잡을 수 없다 싶습니다.
　독자 여러분께서는 일교차가 큰 이 시기를 잘 보내셨기를 진심으로 빕니다!

　그럼, 이번 권에 대해 조금 이야기할까 합니다.
　스포일러가 포함되어 있을 수도 있으니, 본편을 읽지 않으신 분께서는 유의해 주시길!

　청춘 돼지의 이번 에피소드는 걸프렌드 편!

……라고 하고 싶습니다만, 번역을 끝내고 보니 마이 씨 분량은 생각보다 적었습니다.

슬픕니다. 슬퍼요. 청춘 돼지 시리즈는 사춘기 증후군에 시달리며 피폐해지는 사쿠타를 마이 씨가 당근과 채찍으로 정신 차리게 만들어서 문제를 해결하는 작품인데(⌒⌒), 마이 씨 분량이 적어서 참으로 아쉽습니다.

그래도 이번 권의 내용은 시리즈 전체를 아우르고 있습니다.

청춘돼지 고교생 편에서 마키노하라 양이 이뤄낸 기적, 그 기적의 이면에 존재했지만 다들 눈을 돌려왔던 진실이 이렇게 부각되리라고는 생각도 못 했습니다.

대학생편의 핵심인물이라 할 수 있는 『키리시마 토코』, 그녀가 지닌 뜻밖의 진실과 정체는 독자 여러분에게 큰 충격으로 다가오지 않았으려나요.

솔직히 스포일러를 마구 섞으면서 이야기를 다루고 싶습니다만, 최종권의 역자 후기로 미뤄둘까 합니다.

초거대 스포일러인지라 이제부터 14권을 읽으실 분, 그리고 청춘 돼지 시리즈를 이제부터 즐기실 분의 재미를 떨어뜨릴 것 같으니까요.⌒⌒

그저 최종권인 15권이 재미있기를, 그리고 마이 씨의 분량이 많기만을 빌겠습니다!(⌒⌒;;;)

그럼 이만 줄이겠습니다.

　L노벨 편집부 여러분. 항상 재미있는 작품을 맡겨주셔서 감사합니다. 앞으로도 잘 부탁드립니다!

　최근에 절에 취직(-_-)한 악우여. 절밥 싫다고 점심때마다 우리 집에 쳐들어오지 좀 마라. 파스타 면과 라면이 다 떨어졌단 말이다~ㅠㅜ

　마지막으로 언제나 제게 버팀목이 되어주시는 어머니와 『청춘 돼지』 시리즈를 읽어주신 모든 분에게 진심으로 감사드립니다.

　시리즈의 대미를 장식할 15권 역자 후기 코너에서 다시 뵙겠습니다!

2024년 10월 초

역자 이승원 올림

청춘 돼지는 걸 프렌드의 꿈을 꾸지 않는다 14

초판 1쇄 발행 2025년 4월 10일

지은이_ Hajime Kamoshida
일러스트_ Keji Mizoguchi
옮긴이_ 이승원

발행인_ 최원영
본부장_ 장혜경
편집장_ 김승신
편집진행_ 권세라 · 최혁수 · 김경민 · 최정민
커버디자인_ 양우연
국제업무_ 박진해 · 조은지 · 남궁명일
관리 · 영업_ 김민원 · 조은걸

펴낸곳_ (주)디앤씨미디어
등록_ 2002년 4월 25일 제20-260호
주소_ 서울시 구로구 디지털로 32길 30, 코오롱디지털타워빌란트 1301-1308호
전화_ 02-333-2513(대표)
팩시밀리_ 02-333-2514
이메일_ lnovellove@naver.com
L노벨 공식 카페_ http://cafe.naver.com/lnovel11

SEISHUN BUTA YARO WA GIRLFRIEND NO YUME WO MINAI Vol.14
©Hajime Kamoshida 2024
Edited by 전격 문고
First published in Japan in 2024 by KADOKAWA CORPORATION, Tokyo.
Korean translation rights arranged with KADOKAWA CORPORATION, Tokyo.

ISBN 979-11-278-8151-1 04830
ISBN 979-11-86906-06-4 (세트)

값 8,500원

©Usa Haneda, U35 2023 / KADOKAWA CORPORATION

일주일에 한 번 클래스메이트를 사는 이야기 1~3권

하네다 우사 지음 │ U35(우미코) 일러스트 │ 이소정 옮김

그녀— 미야기는 이상하다. 일주일에 한 번 오천 엔으로 나에게 명령할 권리를 산다.
같이 게임을 하거나 과자를 먹여달라고 하거나,
가끔씩 기분에 따라서는 위험한 명령을 내리기도 한다.
비밀을 공유하기 시작한 지 벌써 반년이 지났지만,
그녀는 「우리는 친구가 아니야」라고 말한다.
저기, 미야기. 이게 우정이 아니라면 우리는 무슨 관계야?

그 사람— 센다이가 아니면 안 되는 이유는, 지금도 딱히 없다.
내 우연한 변덕에 그녀가 따라줬다. 단지 그뿐.
그래서 나는 어떤 명령도 거부하지 않는 그녀를 오늘도 시험한다.
……내년 봄, 만약 다른 반이 되더라도, 그녀는 이 관계를 계속 이어가줄까.
지금은 그게 조금 신경 쓰인다.

©Nana Nanato, Siokazunoko 2023
KADOKAWA CORPORATION

VTuber인데 방송 끄는 걸 깜빡했더니 전설이 되어있었다 1~7권

나나토 나나 지음 | 시오 카즈노코 일러스트 | 박경용 옮김

화려한 VTuber가 다수 소속된 대형 운영회사 라이브온.
그곳의 3기생이며 『청초』 VTuber인 코코로네 아와유키.
"역시 롱캔 따는 소리는 최고야!"
"응? 완전 꼴리거든?"
"내가 마마가 될 거야!"
하지만 그녀의 부주의로 방송을 제대로 안 끈 결과,
본래 성격(주정뱅이, 호색, 청초(VTuber))을 드러내고 마는데?!
"클립 엄청 따갔어?! 트렌드 세계1위?! 동시 시청자 수 실화냐고!!!"
이게 웬일, 갭이 호평을 받으며 인기 대폭발!
그 결과…… "으랏차—! 방송 시작한드아!"

모든 걸 내려놓은 그녀는, 대인기 VTuber의 길을 달려간다!!

라이트노벨의 새로운 빛! L노벨의 신간은 매월 10일에 발매됩니다. http://cafe.naver.com/lnovel11

©Mizunari Shibuya 2021
Illustration : Souichi Itou
KADOKAWA CORPORATION

검의 저편 1~4권

시부야 미즈나리 지음 | 이토 소이치 일러스트 | 김성래 옮김

"검도, 안 좋아해. ……나를 벨 수 있는 녀석이 더는 없으니까."
과거에 『최강』이라고 불리다가 그 자리에서 내려온 소년이 있었다.
『어검(御劍)』의 신동, 유우.
더는 두 번 다시 검은 쥐지 않겠다고 결심한 소년은,
그럼에도 다시 검의 길로 복귀한다.
유우를 바꾸었던 것은 처음으로 나란히 설 수 있는 친구들,
자신에게 이끌려 오는 아름다운 『검희(劍姬)』 후부키, 그리고……
고고의 정상에서 그저 오로지 유우를 줄곧 뒤쫓아왔던
고교 검도계 최강의 남자, 카이세이.
두 사람이 검을 겨룬 끝에 도달하는 곳은 약속의 너머, **검의 저편**.
"간다, 유우. 너를 벨 사람은, 바로 나다!"

**검에 모든 것을 걸고 패권을 다투는
고등학생들의 청춘 검도 이야기, 당당히 개막!**

L NOVEL
15세 미만 구독 불가
진자의 현자
왕 의
프러포즈
타치바나 코우시
Koushi Tachibana
츠나코
King Propose 5
true red colors sage
NOVEL
ⒸKoushi Tachibana, Tsunako 2023
KADOKAWA CORPORATION

Copyright © 2024 Kumanano
Illustrations copyrights © 2024 029
SHUFU-TO-SEIKATSU SHA LTD.

곰 곰 곰 베어 1~20.5권

쿠마나노 지음 | 029 일러스트 | 이소정 옮김

게임이 현실보다 재밌습니까?—YES
현실 세계에 소중한 사람이 있습니까?—NO

……온라인 게임 설문 조사에 대답했을 뿐인데
말도 안 되는 이세계(아마도)로 내던져진 나, 유나.
은톨이 경력 3년의 폐인 게이머.
맨 처음 장착하게 된 장비템이 『곰 세트』라니…….
이게 무어야—!?
하지만 세고 편하니까 뭐, 괜찮으려나?
울프를 쓰러뜨리고, 고블린을 쓰러뜨리고
극강 곰 모험가로서 일단 해볼까요.

은둔형 외톨이 소녀, 이세계에서 무적의 곰 모험가가 되다!